LE LYS DANS LA VALLÉE

DRAME EN CINQ ACTES, EN PROSE

d'après

H. DE BALZAC

PAR MM. THÉODORE BARRIÈRE ET A. DE BEAUPLAN.

REPRÉSENTÉ POUR LA PREMIÈRE FOIS, A PARIS, SUR LE THÉATRE-FRANÇAIS, LE MARDI 14 JUIN 1853.

DISTRIBUTION DE LA PIÈCE

LE COMTE DE MORTSAUF. . . . . MM. GEFFROY.	HENRIETTE, comtesse de Mortsauf . . . . . . Mme JUDITH.
FÉLIX DE VANDENESSE. . . . . MAILLART.	LADY ARABELLE LUDLEY. . . . . DENAIN.
CHESSEL. . . . . PROVOST.	LA DUCHESSE DE LENONCOURT, mère d'Hen-
DE CERNY. . . . . MIRECOURT.	riette. . . . . SARAH.
DE ROUVIÈRES. . . . . ANSELME.	EMMELINE, fille de Chessel. . . . . THÉRIC.
LE DOCTEUR ORIGET. . . . . FONTA.	MANETTE, domestique du Comte. . . . . . . DELILLE.

ACTE I.

———

Un boudoir élégant, ouvrant sur des salons très-éclairés. — Portes au fond et dans les pans coupés. — A gauche, une cheminée. — Devant la cheminée, une table de whist, posée obliquement à droite. — En regard de la cheminée, une console avec vase de fleurs et glace. — Près de la console, deux fauteuils, faisant face au public.

SCÈNE I.

DE CERNY, *à la table de jeu où il n'y a que trois joueurs.* — *C'est un whist avec un mort.* — CHESSEL, *debout au milieu, puis* ROUVIÈRES. — INVITÉS, *qu'on voit circuler dans les salons.*

CERNY, *s'adressant à son partner, et tout en relevant les cartes.*

Je vous assure, monsieur, que vous avez joué contre toutes les règles !

CHESSEL, *tenant à la main un éventail.*

Ah ! voilà mon ami de Cerny qui monte en chaire pour faire un cours de whist !

CERNY, *à son partner.*

Comment ! je vous fais une invite à pique et vous me jouez cœur !

LE PARTNER.

Je n'avais que ça !

CHESSEL, *à part.*

C'est une raison... (*Regardant l'éventail qu'il tient à la main.*) Tiens... il est joli cet éventail !...

ROUVIÈRES, *entrant par le fond à gauche et parlant à quelqu'un qui le suit.*

Comment donc, mais certainement... monsieur... Soyez convaincu que les chemins vicinaux du département auront toutes mes sympathies.

CHESSEL, *l'apercevant.*

Ah ! voilà ce cher Rouvières aux prises avec un électeur influent !

CERNY, *pendant qu'on donne les cartes à Rouvières.*

Bravo, mon cher candidat, bravo ! et cette candidature

comment va-t-elle ? les voix abondent, n'est-ce pas ?... Savez-vous que votre bal est charmant !... vous faites admirablement les choses!

DE ROUVIÈRES.

Oui... n'est-ce pas ? c'est galant... c'est gentil !.. des fleurs partout, des flots de sirop et des monceaux de glaces !... même aux hommes... J'ai recommandé qu'on ne leur passât pas les plateaux au-dessus de la tête.

CHESSEL.

Ce qui a deux inconvénients... on n'en prend pas... et on en reçoit.

CERNY.

Ah ! cette soirée fera époque... et l'on parlera longtemps dans notre bonne ville de Tours du plus beau bal de l'an de grâce mil huit cent seize !

ROUVIÈRES.

Mais oui... je l'espère... je l'espère... (*Allant à Chessel.*) Ah ça ! mon cher député, et ce charmant jeune homme que votre ravissante petite fille m'a présenté... qu'est-ce qu'il devient ? Je ne le vois pas !

CHESSEL.

Monsieur de Vandenesse ? Je l'ai confié aux soins de Lady Arabelle Ludley.

CERNY, *distrait de son jeu par ce nom qu'il entend.*

Hein ?

ROUVIÈRES.

Ah ! cette délicieuse anglaise ?

CERNY, *à part.*

Ils parlent de lady Arabelle...

CHESSEL, *à Rouvières.*

Elle le lancera...

ROUVIÈRES, *riant.*

Prenez garde ! (*Regardant au fond avec Chessel.*) Mais voyez donc, quelle société charmante : tous les hommes sont distingués... toutes les femmes sont jolies.

CERNY, *de sa place.*

Ce cher Rouvières... toujours optimiste...

CHESSEL.

C'est une maladie... il voit tout en beau.

ROUVIÈRES.

A propos, avez-vous vu ma femme ?

CHESSEL, *à part, riant.*

L'à-propos est heureux.

ROUVIÈRES.

N'est-ce pas qu'elle est magnifique ? elle est couverte de diamants !

CHESSEL.

Oh ! c'est splendide ! de loin on dirait un miroir à alouettes !

ROUVIÈRES.

Ah ! ah ! très-joli... sans adieu !...

CHESSSEL, *le rappelant.*

Ah ! dites-moi... Si vous voyez ma fille, ma petite Emmeline... envoyez-la moi... (*Montrant le salon.*) Je ne veux pas me risquer dans ce gouffre-là...

ROUVIÈRES.

Très-bien !... au revoir ! (*Il s'éloigne par le fond.*)

CERNY, *riant, à Chessel qui redescend.*

Ah ! ah ! ah ! ce pauvre Rouvières... C'est étonnant, ma parole, qu'on soit ridicule à ce point-là et qu'on ne s'en aperçoive pas !

CHESSEL, *riant.*

Ah !... ah !... vous trouvez ?... ça arrive pourtant tous les jours... Ah ! ah !... ça arrive !

SCÈNE II.

CERNY, *assis,* CHESSEL, EMMELINE.

EMMELINE, *entrant par la porte du fond à droite.*

Tu me demandes, mon bon petit père ?

CHESSEL.

Oui... je voulais savoir ce que tu devines.

EMMELINE.

Et moi ce que tu fais... T'ennuies-tu ?

CHESSEL.

Suffisamment... et toi, t'amuses-tu ?

EMMELINE.

Enormément ! je n'ai pas manqué une seule contredanse et je n'ai rencontré qu'un danseur tout-à-fait bête.

CHESSEL.

Tout-à-fait ?

EMMELINE.

Oh ! cruellement !... à la troisième figure... il m'a dit qu'il faisait bien chaud... et en me reconduisant à ma place, que les courants d'air étaient dangereux.

CHESSEL.

Petite ingrate !... le malheureux aura énormément cherché pour trouver ça.

EMMELINE.

Ah ! tu ne sais pas ? j'ai invité Félix pour la première contredanse... (*On entend la musique du bal.*) Mais, malgré lui... il n'osait pas... Adieu... je crois que voilà la ritournelle.

CHESSEL.

Que je te reconduise...

EMMELINE.

Non... ne viens pas, il fait trop chaud pour toi... et puis tu ne marches pas assez vite... adieu. (*Elle sort par le fond à gauche.*) (*Arabelle entre par la gauche et semble chercher quelqu'un.*)

SCÈNE III.

CERNY, ARABELLE, CHESSEL.

CHESSEL, *la regardant partir.*

Cher petit ange, va ! (*Redescendant et cassant l'éventail qu'il a toujours dans les mains.*) Aïe ! le voilà cassé !

CERNY, *à part.*

Arabelle ! elle est en quête de moi... ne voyons rien !

CHESSEL, *allant à Arabelle.*

Ah ! milady... Vous cherchez quelqu'un ou quelque chose ?

ARABELLE, *préoccupée.*

Oui... c'est-à-dire... j'ai perdu quelqu'un et je cherche quelque chose... Ah ! cher monsieur, mais c'est mon éventail que vous tenez là !

CHESSEL.

Oh ! pardon... je viens de le briser... une minute plus tôt vous lui sauviez la vie.

ARABELLE.

Et j'arrive pour constater le décès... je vous rends grâce !

CERNY, *à part.*

Prétexte ! Elle vient pour moi.

ARABELLE.

Mon pauvre éventail !

CHESSEL.

Je croyais que c'était celui de la duchesse.

ARABELLE.

L'excuse est jolie ! (*Montrant l'éventail brisé.*) Si je vous rendais dans cet état-là le jeune homme que vous m'avez confié ?

CHESSEL.

Ah ! au fait, que devient-il ce cher Félix ?

ARABELLE.

C'est la troisième fois qu'il m'échappe... il est comme un fou ; il se jette dans les quadrilles, il traverse au milieu des valseurs les plus intrépides, il regarde impudemment et innocemment les femmes comme des oiseaux curieux qu'il n'aurait jamais vus... la musique l'entraîne, les lumières l'attirent... il a tout l'air d'un papillon qui va se brûler aux flammes des bougies.

CHESSEL.

Dame ! passer tout-à-coup du pont d'un vaisseau de guerre... au milieu de deux cents personnes qui ont toutes l'air de danser, de sourire et de s'amuser... passer de la musique des vagues et du vent, aux flonflons enlevants d'un orchestre... il y a de quoi perdre la raison.

ARABELLE.

Aussi... lui pardonné-je... et de grand cœur... oh ! il a une nature sauvage qui est très amusante... Moi, je l'aime beaucoup.

CHESSEL.

Déjà ?

ARABELLE.

Oui... vous savez... On a sur sa table les fruits civilisés les plus savoureux... et l'on goûte avec plaisir une mûre bien noire et bien âpre qu'on a cueillie dans une haie, en se déchirant les mains.

CHESSEL.

Vous êtes franche, milady.

ARABELLE.

C'est ma seule qualité... Mais vous, cher monsieur, vous êtes méchant.

CHESSEL.

C'est mon seul défaut.

CERNY, *à part.*

Je ne lèverai pas même les yeux. (*Haut.*) Nous avons les honneurs.

ARABELLE, *apercevant Cerny.*

Ah ! tiens, c'est vous ? Bonjour, cher.

CERNY.

Milady !... (*A part.*) Elle y est venue.

ARABELLE, *à Chessel.*

Au reste, je vous dirai que je lui déplais souverainement à votre petit loup de mer... il m'a déjà dit qu'il aimait les yeux bleus et je les ai noirs... les cheveux blonds, et je les ai châtains... enfin... il n'avait pas encore prononcé quatre mots qu'il m'avait déjà décoché vingt impertinences.

CHESSEL.

Et vous ne lui avez pas offert le choix des armes ?

ARABELLE.

Si c'était une femme... à la bonne heure... (*Avec dédain.*) mais un homme !... il se laisserait tuer... et ce serait vraiment dommage ! (*Regardant le jeu de Cerny.*) Cœur ! donc monsieur de Cerny ! cœur !... Vous en avez plein les mains... il faut le placer !

CERNY, *à part.*

Je comprends !

SCÈNE IV.

CERNY, CHESSEL, ARABELLE, ROUVIÈRES.

ARABELLE, *à Rouvières qui vient d'entrer par le fond.*

Ah ! mon cher monsieur, il me faut votre bras... Si vous voulez, nous allons faire une croisade... à la recherche de l'infidèle...

ROUVIÈRES, *riant.*

Ah ! ah ! très joli... charmant...

CHESSEL, *descendant à la droite d'Arabelle.*

Rouvières, de quoi riez-vous ?

ROUVIÈRES, *embarrassé.*

Moi ? mais je ris... je ris...

CHESSEL, *bas à Arabelle.*

Ah ! très bien... il n'avait pas entendu... c'est de confiance.

ARABELLE, *de même.*

C'est le rire officiel du candidat.

ROUVIÈRES, *sortant avec Arabelle.*

Avez-vous vu ma femme, milady ?

ARABELLE.

Non... je n'ai pas encore eu cet honneur...

ROUVIÈRES.

Oh ! elle est magnifique ce soir, elle est couverte de diamants.

(*Ils disparaissent par le fond.*)

SCÈNE V.

LES JOUEURS, CERNY, CHESSEL.

CERNY, *à part.*

Bravo ! elle part furieuse.

UN JOUEUR, *remettant de l'argent à Cerny.*

Monsieur, voici ce qui vous revient.

CERNY, *se levant et passant à droite.*

Mille grâces, monsieur... Eh bien ! tout compte fait... je perds dix louis.

CHESSEL, *aux joueurs.*

Il ne faut jamais croire que la moitié de ce qu'il dit.

CERNY, *riant.*

Je n'ai pas la chance de monsieur Chessel !... l'homme heureux par excellence !

CHESSEL.

C'est vrai... tout me réussit... J'ai une fille charmante qui me fait de la morale et m'empêche de faire trop de sottises...

une belle fortune qui m'empêche de faire des dettes... une position dans l'État, qui m'empêche d'être mécontent... et enfin, une excellente santé qui m'empêche d'être malade... Ma parole d'honneur, je suis très-content de ma personne... et vous... de la vôtre ?

CERNY.

Enchanté !

CHESSEL.

Vous avez raison... l'indulgence est une vertu !... (*Les joueurs rient et sortent par la gauche.*)

SCÈNE VI.

CHESSEL, CERNY.

CERNY, *avec mystère.*

Dites donc, avez-vous vu, tout-à-l'heure, comme j'ai joué serré ?

CHESSEL.

Au whist ?

CERNY.

Non !... avec elle.

CHESSEL.

Qui, elle ?

CERNY.

Lady Arabelle Ludley.

CHESSEL.

Ah ! vous avez joué... je ne comprends pas.

CERNY.

Comment, vous n'avez pas compris son manége ?

CHESSEL.

Non !

CERNY.

Elle n'est venue ici tout-à-l'heure que pour moi.

CHESSEL.

Pas possible !

CERNY.

Et avez-vous remarqué toutes les agaceries qu'elle m'a faites ? hein ?

CHESSEL.

Ma foi, non !

CERNY.

Et ce dernier conseil... cœur !... cœur !... jouez donc cœur, monsieur de Cerny, vous en avez plein les mains... il faut le placer !... il faut le placer !... comprenez-vous ?

CHESSEL.

Comment... vous croyez ?

CERNY.

J'en suis sûr !...

CHESSEL.

Et à pareilles sommations, voilà comme vous répondez ?

CERNY.

C'est exprès !... c'est un calcul... c'est un système ! Lady Arabelle... c'est l'excentricité par excellence, c'est l'excentricité en personne... et, lady Arabelle, aimée, entourée, adulée partout et par tous, déteste les gens qui lui font la cour... elle ne distingue que ceux qui ne font pas attention à elle... ça la pique, ça l'irrite !...

CHESSEL.

Oui... c'est du fruit nouveau... c'est la mûre sauvage de la haie.

CERNY, *qui ne comprend pas.*

Hein ?

CHESSEL.

Non... rien... allez !

CERNY.

Eh bien !... voilà la clé de voûte de ma tactique... elle me cherche... je la fuis... elle me regarde... je détourne les yeux... elle me parle... je réponds à peine !

CHESSEL.

Prenez garde, prenez garde... elle pourrait bien se lasser de vos rigueurs, et je trouve que ce soir elle s'occupe beaucoup de mon ami Félix de Vandenesse...

CERNY.

Qui ça ? ce jeune marin... que vous avez amené au bal ?

CHESSEL.

Justement.

CERNY.

Mais, mon bon, vous ne voyez donc rien ?

CHESSEL.

Comment?...

CERNY.

Mais ce jeune homme, c'est tout simplement un fantôme... un épouvantail... Il y en a toujours un comme ça qui est sacrifié...

CHESSEL, *riant et se moquant de lui.*

Très bien... j'y suis... un homme de paille... qui flambe toute la journée et qui est éteint le soir?

CERNY, *riant aussi.*

C'est ça même...

CHESSEL.

Ah ça ! dites donc... et lord Ludley, le mari?

CERNY.

Oh ! le mari... on ne sait pas ce qu'il est devenu... il doit être dans l'Inde, occupé à étudier les mœurs du crocodile...

SCÈNE VII.

EMMELINE, CHESSEL, DE CERNY, puis ROUVIÈRES.

EMMELINE, *arrivant par la gauche.*

Ah ! mon père... si tu savais... je suis furieuse.

CHESSEL.

Quoi donc ?

EMMELINE.

Félix, qui vient de me faire manquer une contredanse

CHESSEL.

Comment ?

ROUVIÈRES, *entrant par le fond avec un invité.*

Voyons, vous cherchez un second? Ah ! tenez, voilà monsieur Chessel qui va faire votre partie.

CHESSEL.

Moi ?

ROUVIÈRES.

Un écarté.

CHESSEL.

Volontiers. (*A Emmeline.*) Tu permets ?

EMMELINE.

Oui, si tu ne joues pas trop gros jeu et si tu suis mes conseils.

CHESSEL.

Allons, c'est bien, je tiendrai les cartes. (*Il se met à la table de jeu.*)

EMMELINE.

Conçois-tu Félix ! je l'invite, je l'attends, et il me laisse là en tapisserie... sur ma banquette !

CHESSEL, *plaisantant.*

Ça n'a pas de nom !...

CERNY, *saluant Emmeline.*

Mademoiselle !...

EMMELINE.

Comprenez-vous ça, monsieur?... un garçon que nous avons presque élevé, mon père et moi.

CHESSEL.

Notez, qu'il a sept ans de plus qu'elle, et qu'il est son parrain.

EMMELINE.

Un écolier dont mon père était le correspondant, à Paris, et que nous faisions sortir tous les dimanches de sa prison... de son collège... une grande maison noire avec des barreaux de fer... Oh ! c'était affreux... quand j'allais le voir j'avais le cœur serré et il me consolait ! Il était bien gentil pour moi, mais aujourd'hui que c'est un marin... un monsieur... il me traite en petite fille... il m'oublie ! Oh ! je le gronderai !

CHESSEL.

Très bien !

EMMELINE.

Non... je le bouderai !

CERNY.

Ça vaut mieux ! (*Cerny, apercevant Arabelle qui traverse le fond de gauche à droite en donnant le bras à Félix de Vandenesse, à part.*) Encore elle ! j'en étais sûr... avec l'épouvantail... très-bien... (*Il va à l'extrême droite.*)

EMMELINE, *apercevant Félix, bas à son père.*

Tiens... le voilà qui promène lady Arabelle... je ne lui parlerai seulement pas... Joue de l'atout, va !

(*Chessel joue.*)

CHESSEL.

Mais je n'en ai pas.

EMMELINE, *sans voir.*

Eh bien ! joue autre chose...

CHESSEL, *riant.*

C'est une idée !

SCÈNE VIII.

Un Invité et CHESSEL *à la table de jeu,* EMMELINE, FÉLIX *donnant le bras à* LADY ARABELLE, CERNY.

ARABELLE, *entrant par la droite avec Félix et traversant le théâtre.*

Ah ! monsieur de Vandenesse, vous aimez qu'une femme soit une femme?

FÉLIX.

Oui, madame.

ARABELLE.

Eh bien, moi, monsieur, je manie une carabine comme un chasseur de Chamois... je tue un daim à deux cents pas, je monte à cheval comme une amazone, et je serais capable de gagner le prix d'un steeple chasse sur des Centaures, car aucun cheval... quelque fougueux qu'il soit, ne résiste à cette main si délicate, en apparence... Tenez, voyez... c'est de l'acier. (*Elle lui serre la main.*)

FÉLIX, *souriant.*

En effet !

CERNY, *à part.*

Pauvre jeune homme... s'il savait que tout cela... c'est pour moi !

ARABELLE.

A propos? puisque vous voilà fixé pour un mois en Touraine, il faut que je vous prévienne charitablement. Quand vous verrez le soir, dans notre belle vallée, une ombre blanche, emportée par un coursier écumant, franchissant les halliers et livrant ses cheveux dénoués au vent d'orage... fuyez... car vous pourrez dire : c'est elle... et ce sera moi, toujours moi !...

CERNY, *à part.*

C'est un rendez-vous !... je n'irai pas !

ARABELLE.

Mais... à quoi donc pensez-vous? Est-ce que je vous ennuie ?

FÉLIX, *embarrassé et ennuyé.*

Milady...

ARABELLE.

Tenez, je vous rends votre liberté... justement, voici monsieur de Cerny qui me demande une valse.

(*On entend de nouveau la musique du bal.*)

CERNY.

Moi ?

ARABELLE.

Et je la lui accorde...

CERNY, *à part.*

Elle n'y tenait plus... pauvre petite femme... (*Il offre son bras à Arabelle.*)

FÉLIX, *à Emmeline.*

Emmeline, n'est-ce pas la première contredanse que vous m'avez promise?

EMMELINE, *d'un ton boudeur.*

Non, monsieur, c'était la dernière et vous me l'avez fait perdre.

FÉLIX.

Oh ! ma bonne Emmeline, je vous en demande bien pardon !

EMMELINE, *à son père.*

Faut-il lui pardonner ?

CHESSEL.

Oui... va... il ne savait ce qu'il faisait.

EMMELINE, *tendant la main à Félix.*

Tenez.

ARABELLE, *au bras de Cerny, passant auprès de Chessel.*

Soyez heureux, *my dear* Chessel !

CHESSEL.

Vous partez donc, milady.

ARABELLE.

Oh ! vous ne pensez pas ce que vous dites.

(*Ils sortent par la gauche.*)

SCÈNE IX.

UN INVITÉ ET CHESSEL *à la table de jeu,* EMMELINE, FÉLIX.

EMMELINE, *à Félix.*

Félix, aimez-vous la figure de lady Arabelle ? Moi, je la trouve bien jolie !

FÉLIX.

Moi, non... Il y a des laideurs que je préfère à sa beauté ! cette femme-là ne doit pas avoir de cœur !...

CHESSEL, *bas à Félix, en quittant le jeu.*

Au contraire... elle en a trop !

EMMELINE.

Puisque la paix est faite, voyons, je vous demande encore la première contredanse.

UN DOMESTIQUE, *annonçant au fond du second salon.*

Monsieur le comte et madame la comtesse de Mortsauf.

EMMELINE.

Ma bonne Henriette !... j'avais bien peur qu'elle ne vînt pas... je vais l'embrasser !

CHESSEL.

Va, mon enfant, mais tache de ne pas nous amener son ours blanc de mari.

EMMELINE, *à Félix en sortant.*

Restez ici... je viendrai vous chercher. (*Elle sort.*)

SCÈNE X.

CHESSEL, ROUVIÈRES, FÉLIX.

(*On voit Henriette et le comte traverser avec Emmeline le salon du fond, de droite à gauche.*)

CHESSEL, *avisant un gros bouquet sur un siége au fond à gauche.*

Tiens ! voilà un bouquet qui sent bon... c'est assez curieux ! (*Il le retourne dans tous les sens, et l'abîme petit à petit.*)

FÉLIX, *à part, apercevant Henriette.*

Oh ! la charmante personne ! (*A Rouvières, qui vient de la droite.*) Comment appelez-vous cette jeune dame qui vient d'entrer ?

ROUVIÈRES.

C'est madame la comtesse de Morsauf, la femme de monsieur le comte de Mortsauf... qui lui donne le bras...

FÉLIX.

Ah ! elle est mariée ?

ROUVIÈRES.

Oui... c'est la fille de madame la duchesse de Lenoncourt.

FÉLIX, *répétant machinalement.*

Lenoncourt ?

ROUVIÈRES.

Oui... la duchesse de Lenoncourt... la bonté, la vertu même !...

CHESSEL, *à lui-même.*

Hein ?... qu'est-ce qu'il dit donc, le candidat ?

FÉLIX.

Et monsieur le comte de Mortsauf ?

ROUVIÈRES.

Un émigré, un vieux gentilhomme de l'armée de Condé !... la vertu, l'honneur, la bonté même !

CHESSEL, *riant.*

Voilà comme on écrit l'histoire !

FÉLIX, *très-ému.*

Et sa jeune femme ?

ROUVIÈRES.

Ah !... la vertu...

CHESSEL, *se levant et laissant le bouquet sur le canapé.*

La bonté même, c'est convenu et toute la vie comme ça !

ROUVIÈRES.

Vous permettez... je vais leur dire bonsoir. (*Il sort par la gauche.*)

SCÈNE XI.

FÉLIX, CHESSEL.

CHESSEL.

Comment diable, mon cher Félix, vous vous adressez à un maître de maison qui veut devenir député, pour avoir des ren-

seignements exacts sur les électeurs influents de son département ! mais c'est d'une naïveté impardonnable... Tenez, voulez-vous être fixé ?... (*Il le conduit à la porte latérale de gauche et le place devant lui.*) Regardez : d'ici, c'est une véritable lanterne magique..., Lady Arabelle, qui s'assied là-bas... c'est une franche coquette... Elle lance des épigrammes qui vous tuent une rivale à cinquante pas... Son cavalier, M. de Cerny... un sot qui pose éternellement... sans que personne y prenne garde... Quant à cette dame, belle encore et pompeusement parée, qui trône là bas... près de la cheminée, c'est madame de Lenoncourt... une duchesse de la vieille roche, insolente comme une parvenue... Et son gendre, monsieur de Mortsauf, celui qui salue un monsieur si décoré, une personnalité faite homme... un maniaque égoïste, qui vit dans son vieux château, comme un colimaçon au fond de sa coquille... Voilà le portrait fidèle de ces gens auxquels M. de Rouvières prêtait il n'y a qu'un instant toutes les vertus théologales.

FÉLIX.

Mais... la comtesse de Mortsauf, qu'Emmeline embrasse en ce moment ?

CHESSEL.

Ah ! celle-là... c'est un ange... un bon génie qui passe ses jours à enterrer les ridicules de son mari... à lui sarcler le chemin de la vie...

FÉLIX, *ému.*

Ah !

CHESSEL, *revenant en scène.*

Ils ont une enfant... Madeleine... une chétive créature que les médecins ont condamnée, et à laquelle madame de Mortsauf donne son sang et son âme... La pauvre mère la tient toujours suspendue à ses lèvres... Elle croit lui souffler la vie.

FÉLIX, *regardant toujours à gauche.*

Je ne la vois plus !

SCÈNE XII.

CHESSEL, FÉLIX, EMMELINE, HENRIETTE, LE COMTE.

EMMELINE, *amenant Henriette par le fond.*

Venez par ici, ma bonne Henriette, vous serez beaucoup mieux !

HENRIETTE.

J'aurais voulu saluer ma mère...

LE COMTE, *s'éventant avec son mouchoir.*

Ouf ! quelle chaleur !... (*Il se jette sur un fauteuil à droite.*)

EMMELINE.

Si je rencontre madame la duchesse de Lenoncourt, je lui dirai que vous êtes dans ce boudoir.

HENRIETTE.

Oui, n'est-ce pas, chère enfant ?

EMMELINE, *à Félix qui reste au fond dans la contemplation.*

Allons ! venez Félix... voici le quadrille que je vous ai promis.

FÉLIX, *troublé.*

Ah ! oui... le quadrille... c'est vrai.

EMMELINE, *se moquant de lui.*

Le quadrille !... c'est vrai !... Qu'est-ce qu'il a donc ? Ah !... (*A demi-voix.*) Vous admirez ma bonne amie... N'est-ce pas qu'elle est jolie mon Henriette ? Croyez-vous qu'elle ait un cœur, celle-là ?

FÉLIX, *très-ému.*

Oui, oui...

EMMELINE, *l'entraînant.*

Venez, venez... Nous n'aurions plus de place dans le grand salon. (*Elle sort par le fond avec Félix, qui jusqu'au dernier moment se retourne pour voir Henriette.*)

SCÈNE XIII.

CHESSEL, HENRIETTE, LE COMTE *assis.*

HENRIETTE, *qui regarde sortir Emmeline.*

Quelle santé !... quelle fraîcheur ! (*Soupirant.*) Vous êtes bien heureux, M. Chessel !

CHESSEL, *un peu embarrassé.*

Oui... en effet... mais... (*vivement*) étant toute petite, elle était fort délicate.

HENRIETTE, *avec un sourire de bonheur.*

Ah ! quel espoir !

CHESSEL.

Oui... (*A part.*) Pauvre femme ! ça n'est pas vrai... Emmeline était rose et joufflue comme un petit chérubin... (*Haut.*) Eh bien, et vous, mon cher voisin, comment cela va-t-il ?

LE COMTE.

Mal !

HENRIETTE.

Est-ce que vous souffrez, mon ami ?

LE COMTE, *haussant les épaules.*

Cette question !... vous le voyez bien... j'étouffais là-dedans, et je gèle ici.

SCÈNE XIV

CHESSEL, LA DUCHESSE, ROUVIÈRES, HENRIETTE, LE COMTE, *assis.*

LA DUCHESSE, *entrant par la gauche avec Rouvières.*

Voyons, mon cher Rouvières, remuez-vous, agitez-vous... faites battre le tambour... j'ai perdu un bouquet énorme qui n'entrerait pas ici...

ROUVIÈRES.

Alors, je vais voir de l'autre côté. (*Il sort par le fond.*)

LA DUCHESSE, *à Henriette qui a été au-devant d'elle.*

Ah ! te voilà, petite... bonjour...

HENRIETTE.

Je vous salue, ma mère.

LE COMTE.

Madame !...

LA DUCHESSE.

Bonjour, monsieur Chessel... Restez, mon gendre. (*A Henriette.*) Mais comme vous venez tard... du reste, vous avez été bien inspirés... C'est d'un bourgeois là-dedans... ça sent la rue Saint-Denis... un dimanche !

CHESSEL, *à part.*

Elle est charmante !...

HENRIETTE.

Ma mère, aurons-nous le bonheur de vous posséder long-temps en Touraine ?

LA DUCHESSE.

Ma foi non... je ne fais que passer, je me suis logée à l'auberge... comme un commis-voyageur... c'est odieux !

HENRIETTE.

Vous avez donc oublié le chemin de Clochegourde ?

LA DUCHESSE.

Au contraire, je m'en suis souvenue... un chemin sillonné d'ornières où l'on cacherait le conseil municipal tout entier... bien obligé, je n'ai pas envie de me rompre le cou pour monter à votre donjon.

LE COMTE, *à part.*

Donjon !

CHESSEL, *à part.*

Si la comtesse a un cœur de mère, ce n'est pardieu pas par héritage.

LA DUCHESSE.

D'ailleurs ce n'était pas vous que je voulais voir... mais un petit bout de château très-joli... qui était à vendre, et que cette lady Arabelle vient d'acheter tout exprès pour me faire pièce... À propos, comment se porte ta fille ?

HENRIETTE.

Hélas ! toujours bien languissante.

LA DUCHESSE.

En vérité... c'est fâcheux. (*Au comte qui est toujours assis et qui prend des bonbons dans une boîte.*) Et vous, monsieur le comte, toujours languissant aussi... bien entendu ?

LE COMTE, *froidement.*

Madame la duchesse !

LA DUCHESSE, *riant.*

Vous prenez donc toujours des pilules ? est-ce que vous n'avez pas le docteur dans une de vos poches ?

LE COMTE.

Raillez, madame, raillez... quand je n'ai peut-être pas six mois à vivre !

LA DUCHESSE.

Laissez donc... Vous me faites l'effet de ces gens qui font éternellement leurs malles et qui ne partent jamais.

HENRIETTE, *bas.*

Ma mère !

LE COMTE, *sèchement.*

Cela vous contrarie ?

LA DUCHESSE.

Moi, cela m'est bien égal... je ne désire pas votre mort.

CHESSEL, *à part.*

Elle n'aime pas assez sa fille pour ça... (*Il reprend le bouquet.*)

LA DUCHESSE, *à Chessel.*

Eh bien, monsieur, vous ne dites rien ? vous n'avez donc pas de méchancetés à dire.

CHESSEL.

Non... je me contente de les penser...

LA DUCHESSE.

Prétexte !... Vous déclinez, Chessel... c'est l'âge...

CHESSEL.

Oh ! ne parlons pas de cela, duchesse.

LA DUCHESSE, *riant.*

Vous voilà sur le bord d'une impertinence.

CHESSEL.

Peut-être...

LA DUCHESSE.

Eh bien ! laissez-vous tomber, je ne crains rien...

CHESSEL.

Bah !...

LA DUCHESSE.

Sans doute... mon cher, on n'a jamais que l'âge que l'on paraît avoir. (*Reconnaissant son bouquet dans les mains de Chessel.*) Ah ça ! mais... Dieu me pardonne... c'est mon bouquet que vous avez mis dans cet état-là...

CHESSEL.

Oh ! c'est vrai...

LA DUCHESSE.

Il faut toujours que vous abîmiez quelque chose ou quelqu'un... mes pauvres fleurs !...

CHESSEL, *jetant une poignée de roses effeuillées devant la duchesse.*

Je les semais sous vos pas, duchesse.

LA DUCHESSE.

Me prenez-vous pour une procession ?

CHESSEL.

Ma foi... vous êtes parée comme une châsse...

MORTSAUF, *riant, bas.*

Ah ! ah ! très-bien.

LA DUCHESSE.

Tenez, mon cher Chessel, voulez-vous que je vous le dise ! il n'y a pas un homme plus désagréable que vous à dix lieues à la ronde.

CHESSEL.

Bah ! laissez donc... le château de votre gendre n'est qu'à deux lieues d'ici.

LA DUCHESSE, *riant.*

Ah ! ah ! ah !... très-bien.

SCÈNE XV.

LA DUCHESSE, CHESSEL, FÉLIX, HENRIETTE, LE COMTE.

CHESSEL, *allant chercher Félix qui entre par la droite.*

Ah ! parbleu, madame, il faut que je vous présente un aimable jeune homme qui vient se remettre un peu chez moi des fatigues de la mer... un futur amiral... j'en réponds ! monsieur le vicomte Félix de Vandenesse. (*Félix salue le comte, Henriette, et la duchesse.*)

LE COMTE, *se levant.*

Vandenesse ?... mais... attendez-donc... j'ai beaucoup connu la famille de monsieur...

LA DUCHESSE.

Les Vandenesse... c'est une des plus anciennes familles de la Touraine.

FÉLIX.

En effet, madame la duchesse.

LE COMTE.

Et j'ai pardieu servi dans les armées du roi Louis XVI avec un marquis de Vandenesse.

FÉLIX.

Mon père, monsieur.

LE COMTE, *allant à Félix.*

Votre main, jeune homme... et promettez-moi de nous venir voir au château de Clochegourde.

FÉLIX, *avec joie.*

Monsieur le comte !

CHESSEL, *bas.*

Château... vous verrez ; un affreux pigeonnier !

LE COMTE.

Ah ! vous ne trouverez pas chez moi... le luxe de monsieur Chessel... je ne suis pas député du centre... conseiller d'Etat et le reste.

CHESSEL.

Des épigrammes, mon cher voisin... ça va donc mieux ?

LE COMTE.

Mieux ? ah bien oui !... au contraire. (*Allant à Chessel.*) Tenez... dans ce moment... j'ai la tête comme dans un étau... j'ai des bourdonnements dans les oreilles... c'est absolument le bruit du vent dans les arbres... (*Imitant ce bruit.*) Voûe !... voûe !... voûe !...

LA DUCHESSE.

C'est gênant !

LE COMTE, *à la duchesse.*

Riez... riez... oh ! je sais bien que l'on me fait passer pour un malade imaginaire.

CHESSEL, *riant.*

Oh ! c'est bien étonnant ! vous ne vous plaignez jamais.

LE COMTE.

Si fait, je me plains, et avec raison... car ce que je souffre est inouï.

CHESSEL.

Les voyages vous guériraient, je suis sûr que vous n'auriez pas tôt fait cinq ou six fois le tour du monde...

(*Le comte hausse les épaules. — Chessel éclate de rire.*)

HENRIETTE, *à Félix, voulant rompre la conversation*

Mais... mais... vous, monsieur, vous avez déjà beaucoup voyagé, sans doute ?

FÉLIX.

Oui, madame... j'ai passé six années entre le ciel et la mer.

CHESSEL.

Je crois bien... à dix-huit ans, sa tendre famille l'envoyait à la découverte d'une nouvelle Amérique.

FÉLIX, *bas à Chessel.*

Mon ami...

CHESSEL.

Et quand, trois ans après, il demandait la permission de venir se reposer au foyer paternel, on l'envoyait à la recherche de La Peyrouse.

FÉLIX.

Je vous en prie, monsieur...

CHESSEL.

Oui... tenez... vous avez raison... il faut que je me taise, ou plutôt que je m'en aille... parceque j'en dirais trop au sujet des mères qui sacrifient leurs enfants, et cela ferait de la peine à madame la duchesse.

LA DUCHESSE.

Qu'est-ce à dire ?

CHESSEL.

Rien... rien... je m'en vais... Félix... m'accompagnez-vous ?... je vais faire un tour dans les salons.

FÉLIX, *hésitant.*

Mais...

LA DUCHESSE, *prenant le bras de Chessel.*

Monsieur Chessel, je vous déteste ; mais je ne vous quitte plus.

CHESSEL.

Est-ce une vengeance ?

LA DUCHESSE.

Je veux être sûre que vous ne direz de mal de moi à personne.

CHESSEL.

Dire du mal, de vous, duchesse ? Oh ! je ne répète jamais ce que disent les autres.

LA DUCHESSE.

Vous êtes insupportable.

FÉLIX, *saluant Henriette.*

Madame !

CHESSEL, *au comte, qui est à l'extrême gauche.*

Au revoir, voisin.

LE COMTE.

Je vous salue, monsieur.

CHESSEL, *à Félix.*

Venez-vous ? (*Au comte.*) Au revoir, voisin !

(*Chessel sort par la gauche en donnant le bras à la duchesse, Félix le suit, en se retournant pour regarder Henriette.*)

SCÈNE XVI.

LE COMTE, HENRIETTE.

HENRIETTE, *respirant.*

Enfin !

LE COMTE, *à lui-même.*

Voisin ! voisin !... Que ce Chessel est insolent avec son bonheur permanent... sa figure au beau fixe !... voisin !

HENRIETTE.

Mon ami... si vous voulez, nous partirons.

LE COMTE.

Est-ce que vous ne voyez pas tout ce qu'il y a d'ironie dans cet adieu qu'il me jette sans façon !... Au revoir, voisin !... voisin !

HENRIETTE, *avec douceur.*

Ce n'est qu'un mot !

LE COMTE.

Oh !... mais... Voulez-vous savoir tout ce qu'il y a dans ce mot... *voisin* veut dire : « Moi, Chessel, le conseiller d'Etat... le « député du centre... l'homme heureux... j'ai une grande et « belle propriété... une propriété qui est trois fois plus grande « et plus productive que la vôtre, monsieur le comte de « Mortsauf !...» Ça veut dire encore : « Moi, Chessel, j'ai une « immense fortune, et vous, monsieur le comte de Mortsauf, « vous en avez une médiocre ; moi, Chessel, ma santé est par-« faite, et la vôtre est détestable, monsieur le comte de « Mortsauf... » Tout ça n'est pas dans le dictionnaire, mais voilà ce que *voisin* veut dire !... ouf !... je n'en puis plus. (*Il va tomber accablé dans le fauteuil près de la cheminée à gauche.*)

HENRIETTE.

O mon Dieu ! qu'avez-vous ?

LE COMTE.

Rien... rien... un peu de fatigue... le besoin de fermer les yeux...

HENRIETTE.

J'aurais voulu partir... voulez-vous ?...

LE COMTE, *s'endormant.*

Laissez-moi !

HENRIETTE.

Il va s'endormir !... que faire ?... Je n'ose insister... et pourtant... oh ! je voudrais bien être à la maison... (*Elle vient doucement près du fauteuil à droite.*) près de ma fille... près de Madeleine... (*Musique. — En ce moment, Félix entre par le fond et s'arrête sur le seuil de la porte.*) Voici l'heure où elle se couche !... pauvre petite !... tu dis ta prière sans moi, ce soir... chère ange ! si je t'ai quittée, ce n'est pas ma faute, entends-tu bien ? il ne faut pas m'en vouloir... et si je ne suis pas là pour fermer tes rideaux, ici, du moins, je pense à toi ; ici, je veux prier pour toi.

SCÈNE XVII.

LE COMTE, *endormi,* FÉLIX, HENRIETTE.

FÉLIX, *toujours à la porte du fond.*

Oh ! comme mon cœur bat !

HENRIETTE, *appuyée sur le dos du fauteuil.*

Mon Dieu !... écartez de ma chère Madeleine les douleurs et les larmes... laissez-moi prendre sa part de souffrances ici-bas... Mon Dieu ! révoquez l'arrêt cruel prononcé par les hommes !... mon Dieu ! laissez-moi mon enfant. (*Sa voix s'éteint dans des sanglots étouffés.*)

FÉLIX, *à part au fond.*

Que de grâces ! que de charmes !...

HENRIETTE, *souriant à travers ses larmes.*

Je te vois ! je te vois, Madeleine !... tes yeux se ferment, tu vas voir le bon Dieu ! comme tu dis parfois en t'endormant ; bonsoir, ma petite fille !... mon enfant !... un dernier baiser sur ton pauvre front pâle, sur tes lèvres décolorées...

FÉLIX, *s'approchant peu à peu d'Henriette.*

O mes rêves de marin sous les nuits étoilées ! qu'étiez-vous... dites-moi, auprès de cette réalité de grâces enchanteresses... de cette douce rêverie toute pleine de mystère et d'amour ? Sublimes tempêtes, flots bondissants d'une mer en furie, qu'étiez-vous auprès de ce cœur oppressé par un regret ou par une espérance?... Oh! que ne suis-je cette harmonie qui te caresse et qui m'enivre! Que ne suis je la fleur où se posent tes lèvres, que ne suis-je l'enfant où se pose ton cœur. (*Entraîné comme malgré lui, il s'est penché sur les épaules d'Henriette et ses lèvres les ont éffleurées ; Henriette se relève brusquement en poussant un cri.*)

HENRIETTE.

Monsieur ! monsieur ! (*Elle passe à gauche.*)

FÉLIX, *revenu à lui.*

Oh ! mon Dieu !... madame ! madame ! pardon.

SCÈNE XVIII.

LE COMTE, *endormi,* HENRIETTE, FÉLIX, ARABELLE.

ARABELLE, *qui a entendu les derniers mots, — à part, revenant de la droite.*

Ah bah ! déjà ?... Eh bien, je m'en doutais.

HENRIETTE, *à son mari.*

Monsieur le comte, monsieur le comte, réveillez-vous.

ARABELLE, *à part.*

Et le mari qui dormait... charmant !

LE COMTE, *s'éveillant en sursaut.*

Hein ? quoi ? qu'y a-t-il ?

HENRIETTE, *très-agitée.*

Partons... je vous en prie.

LE COMTE, *se levant.*

C'est pour cela que vous me réveillez ainsi... c'est inoui, vous voulez donc me tuer ?

ARABELLE, *riant, à part.*

Ah ! ah ! ah !... monsieur Orgon qui voulait rester sous la table.

HENRIETTE.

Partons, de grâce ! je ne me sens pas bien.

LE COMTE.

Parbleu... moi non plus... je ne me sentais pas bien, et je restais cependant... on se doit au monde... enfin puisque vous l'exigez... (*Apercevant Félix, et allant à lui.*) Ah ! c'est vous, mon jeune ami ; eh bien, je ne vous dis pas adieu, mais au revoir...

HENRIETTE, *vivement.*

Monsieur... (*Elle s'arrête.*)

LE COMTE.

Eh bien ? quoi ? ne voulez-vous pas que monsieur de Vandenesse nous rende visite ? (*A Félix.*) Ne faites pas attention, tout le monde est fou en Tournine... (*Allant à lady Arabelle qui est à droite.*) N'est-ce pas, milady?...

ARABELLE.

Mais, cher monsieur, je commence à le croire...

FÉLIX, *qui s'est rapproché d'Henriette, et à voix basse.*

Madame !... pardonnez-moi. (*Henriette s'éloigne vers la gauche sans lui répondre.*)

LE COMTE, *à Henriette.*

Eh bien ? est-ce que vous ne voulez plus partir maintenant ? est-ce que vous rentrez dans le bal.

HENRIETTE, *revenant.*

Non, non, mon ami.

LE COMTE.

Alors, partons...

SCÈNE XIX.

CHESSEL ET EMMELINE *entrant par la gauche,* HENRIETTE, LE COMTE, ROUVIÈRES, ET CERNY, *entrant par la droite,* FÉLIX, ARABELLE.

ROUVIÈRES, *au Comte.*

Comment ? vous aussi ?... Ah ça, tout le monde m'abandonne, voilà monsieur de Cerny qui veut absolument se retirer.

CERNY, *avec intention, en regardant Arabelle.*

Oui, mon cher Rouvières, il faut que je parte à l'instant.

ARABELLE, *qui s'est approchée de Félix, bas.*

Ah ! monsieur de Vandenesse, que de tourments vous vous préparez !

FÉLIX, *bas.*

Je ne vous comprends pas, madame.

ARABELLE.

Vous perdrez votre temps et votre cœur... on ne vous accordera pas même une fleur. (*A part en jouant avec son bouquet.*) Et voilà un pauvre bouquet que vous dédaignez? tant mieux, c'est plus original... mais je n'en veux pas non plus... (*Elle laisse tomber son bouquet sur un fauteuil.*)

CERNY *à part, à l'extrême droite.*

Elle me jette son bouquet, je ne le prendrai pas... (*Il reste près de la glace à droite.*)

ROUVIÈRES.

Allons, puisqu'il n'y a pas moyen de vous retenir...

CHESSEL, *au Comte.*

Restez donc, monsieur le comte, on parle d'un souper où tout le monde mangera... il faut voir ça. (*Il cause avec le comte.*)

FÉLIX, *à Henriette pendant que le Comte cause avec Chessel et Emmeline.*

Madame, au nom du ciel, pardon ! (*Henriette prend vivement le bras du comte qui continue de causer avec Chessel. — Musique.*)

(*Rouvières s'approche de Cerny, ils causent.*)

EMMELINE, *allant à Félix.*

Ah ! voilà une valse qui est ravissante... venez !

FÉLIX.

Excusez-moi... je ne puis.

EMMELINE, *vivement contrariée.*

Vous me refusez ? c'est bien ! venez m'inviter une autre fois.

ARABELLE, *qui a remarqué ce mouvement.*

Ah !

CERNY, *quittant Rouvières avec lequel il causait, et invitant Emmeline à danser.*

Mademoiselle ?

EMMELINE.

Certainement, monsieur, certainement. (*Elle va à la glace à droite où elle regarde sa coiffure.*)

LE COMTE, *donnant le bras à Henriette et remontant pour partir.*

A bientôt ! monsieur de Vandenesse. (*Il cause un instant avec Félix sur le seuil de la porte.*)

CHESSEL, *à part.*

Tiens ! le berger qui invite le loup !

ARABELLE, *à part, sur le devant.*

Monsieur de Vandenesse nous a blessées toutes trois : la comtesse, Emmeline et moi... reste à savoir laquelle de nous mourra de ses blessures. (*Elle éclate de rire.*)

Tous se disposent à sortir. — Le rideau tombe.

Fin du premier Acte.

ACTE II.

Le parc du château de Clochegourde. — A droite, une aile du château. — Sur le devant, un banc de pierre. — Au fond, une haie de biais. — Au-delà, des blés. — A gauche, massifs d'arbres.

SCÈNE I.

LE COMTE, PAYSANS ET PAYSANNES.

(*Au lever du rideau on voit au fond, derrière la haie, des paysans, hommes et femmes, qui vont et viennent, travaillent, etc.*)

LE COMTE, *debout au fond, près de la haie, et s'adressant aux travailleurs.*

Allons, courage, mes enfants, la journée sera chaude... mais quand vous quitterez votre ouvrage... vous viendrez au château et madame la comtesse vous fera verser un coup de petit vin.

SCÈNE II.

LE COMTE, CHESSEL.

CHESSEL *paraît au fond, à droite, derrière la haie.*

Salut au Cincinnatus de la Touraine !...

LE COMTE.

Bonjour !... bonjour !... et votre Emmeline ? est-ce qu'elle
n'est pas avec vous ?...

CHESSEL.

Si, elle vient avec son ami Félix...

LE COMTE.

Monsieur de Vandenesse ?

CHESSEL.

Une visite du matin... sans cérémonie... vous permettez ?...
Ça ne blesse pas trop les lois de l'étiquette... hein ?...

LE COMTE.

Comment donc !...

SCÈNE III.

CHESSEL, EMMELINE, LE COMTE, FÉLIX.

EMMELINE, *à Félix qui paraît derrière la haie.*

Mais arrivez donc, Félix, arrivez donc !... Monsieur le comte,
je vous présente monsieur Félix de Vandenesse qui, ce matin,
nous a horriblement tourmentés, mon père et moi, pour que
nous l'amenions ici, et qui maintenant n'ose plus avancer...

FÉLIX, *saluant le Comte.*

La crainte qu'une visite aussi matinale...

LE COMTE, *allant à Félix.*

A la campagne !... ah ! je vous ai prévenu, monsieur, vous
ne trouverez pas ici les dorures et le luxe de monsieur Chessel...

CHESSEL.

Bon ! encore une pierre dans mon jardin... je finirai par en
avoir de quoi construire un second château. Ça vous fera enra-
ger et ce sera votre faute.

LE COMTE, *à Félix.*

Vous voyez un gentilhomme fermier.

CHESSEL, *au comte.*

Dites-moi donc, cher voisin, il me semble que vos blés sont
bien plus beaux que les miens ?

LE COMTE.

Est-ce encore une raillerie ?

CHESSEL.

Non... c'est très-sérieux.

LE COMTE.

Du reste, je m'y donne assez de peine !

CHESSEL.

Venez donc, venez donc me montrer tout ça...

LE COMTE.

Volontiers, je rejoindrai ma petite Madeleine que j'ai envoyée
un peu au grand air, en promenade. Sa mère a la manie de la
tenir toujours enfermée. (*A Manette qui vient de la gauche et qui
entre dans le château.*) Manette !

MANETTE, *s'arrêtant.*

Monsieur le comte ?

LE COMTE.

Vous direz à madame, que mademoiselle Emmeline et monsieur de Vandenesse sont ici.

MANETTE.

Oui, monsieur le comte. (*Elle entre dans le château.*)

LE COMTE, *à Félix.*

Vous le voyez, j'agis sans façon avec vous pour vous mettre
à votre aise... Nous allons courir les champs, suivez-nous si
vous voulez... demeurez, si tel est votre désir, et madame la
comtesse sera heureuse de vous tenir compagnie. (*Félix s'incline.*)

CHESSEL, *au comte.*

Eh bien ! je vous attends...

LE COMTE.

Voilà ! voilà !...

EMMELINE.

Au revoir, mon petit père.

CHESSEL, *l'embrassant.*

Sois sage !

EMMELINE.

Ne sois pas méchant !

LE COMTE, *riant.*

Ah ! ah ! bien répondu !

CHESSEL, *au comte.*

Gageons, monsieur le comte, que je me promène une heure
avec vous sans vous lancer une seule épigramme ?

LE COMTE.

Et vous parlerez ?

CHESSEL.

Je suis député, monsieur le comte.

LE COMTE.

C'est vrai ! (*Tirant sa montre.*) Il est onze heures !

CHESSEL, *tirant de même sa montre.*

A midi une minute, je vous dirai ma première méchanceté !
(*Ils disparaissent par la gauche au fond.*)

SCÈNE IV.

FÉLIX, EMMELINE.

FÉLIX, *à part.*

Enfin, je suis chez elle !...

EMMELINE, *descendant auprès de Félix.*

Ah ça ! Félix, j'espère que vous allez me dire ce que vous
avez... depuis ce bal... depuis hier soir, vous n'êtes plus le même, vous ne parlez plus... vous êtes... maussade... vous pous-
sez des soupirs à faire tourner tous les moulins de la plaine...
Je vous préviens que si ça continue, je vais dire à mon père que
j'accepte l'invitation de ma tante... qui nous demande d'aller
passer quinze jours chez elle en Normandie...

FÉLIX, *vivement.*

Oh ! non, ma bonne Emmeline... vous refuserez, n'est-ce pas ?
Voyez donc quel désespoir ce serait pour moi... moi qui me
faisais une si grande fête de passer un mois... un mois entier
près de votre père, près de vous.

EMMELINE.

Bien vrai ? ça vous ferait de la peine ?

FÉLIX.

Oh ! plus que je ne puis vous dire... songez donc ! trente
jours de bonheur, d'espérance...

EMMELINE.

Trente et un même... le mois d'août... Allons, voyons, ne
vous fâchez pas !... je n'irai pas chez ma tante... mais, par
exemple... vous me direz ce que vous avez... ce qui vous cha-
grine ?...

FÉLIX, *passant à droite.*

Je crois que j'ai eu tort de venir ici... je crains d'y recevoir
un mauvais accueil...

EMMELINE.

Un mauvais accueil, de monsieur de Mortsauf ?

FÉLIX, *avec embarras.*

Non...

EMMELINE.

De sa femme ?... d'Henriette ?... mais vous êtes fou... vous
ne savez donc pas qu'Henriette... c'est un ange !... Vous me
dites quelquefois que je suis gentille, que je suis bonne ! Eh
bien, figurez-vous qu'à côté d'elle je suis un démon, un petit
monstre ! ainsi...

FÉLIX.

Mais si quelqu'un l'avait blessée... offensée !...

EMMELINE.

Blessée, offensée, vous ? oh ! ce n'est pas possible ! ou du
moins, c'est involontaire... c'est une erreur ?

FÉLIX, *saisissant cette idée.*

Oui... une erreur... mais n'importe, il vaut mieux éviter... je
m'en vais... adieu !... (*Fausse sortie.*)

EMMELINE.

Il n'est plus temps, la voici ; rassurez-vous, je vais arranger
cela. (*Courant à Henriette et l'embrassant.*) Bonjour, ma bonne
Henriette !...

SCÈNE V.

HENRIETTE, EMMELINE, FÉLIX.

HENRIETTE, *après avoir fait à Félix un salut très-froid.*

Chère petite, quel bon hasard t'amène si matin ?... est-ce que
tu nous quittes ? est-ce que tu vas en Normandie ?

EMMELINE, *regardant Félix.*

Ma foi non... je ne crois pas... non... je voulais savoir de tes
nouvelles... car tu étais souffrante hier... tu t'es envolée comme

un oiseau effarouché... et puis je voulais l'amener Félix... (*Elle le prend par la main.*) monsieur de Vandenesse, mon meilleur ami, qui me persécute depuis quatre grandes heures pour que je le conduise à Clochegourde, et qui tout-à-l'heure voulait s'en aller... il avait peur qu'on le mît à la porte. (*Henriette ne répond pas et fait un pas vers la gauche.*) Ah ! est-ce que tu vas prendre les grands airs ?... Oh ! mais non, par exemple, je n'entends pas ça... (*A demi-voix.*) Dis donc, s'il t'a fait quelque chose, il ne faut pas lui en vouloir... (*Riant.*) Il a le cerveau un peu dérangé... depuis qu'il a reçu un coup de massue sur la tête... chez les sauvages... (*Haut.*) Adieu !

HENRIETTE.

Pardon ! je suis inquiète de Madeleine.

EMMELINE, *l'arrêtant.*

Oh ! prétexte... tu sais très-bien que son père la ramènera.

HENRIETTE, *la retenant.*

Mais... monsieur de Vandenesse qui n'est que pour peu de temps ici... serait peut-être bien aise de voir les travaux de la campagne...

EMMELINE.

Oh non ! il est horriblement fatigué... n'est-ce pas, Félix ?

FÉLIX, *embarrassé.*

Oh ! je...

EMMELINE, *bas.*

Faites-vous pardonner. (*Haut.*) Adieu, je vous laisse ensemble. Il faudra bien que vous parliez, que vous fassiez connaissance... et une fois que vous vous connaîtrez... je suis bien tranquille, vous serez les meilleurs amis du monde... adieu ! (*Elle sort en courant par le fond à gauche.*)

SCÈNE VI.

HENRIETTE, FÉLIX.

FÉLIX, *après un silence.*

Hier, Madame, je vous ai mortellement offensée... permettez-moi de vous en exprimer mon profond repentir.

HENRIETTE.

Monsieur, ne me rappelez pas le premier... le seul outrage que j'aie reçu en ma vie.

FÉLIX.

Je ne puis pourtant pas rester sous le coup de votre colère... j'ai besoin de m'excuser... de me défendre...

HENRIETTE.

Vos excuses... votre présence ici, sont une nouvelle offense.

FÉLIX.

Ecoutez-moi, madame, car il faut que je me relève... à vos yeux... aux miens... et pour cela... c'est plus qu'un pardon qu'il me faut, c'est votre bienveillance, c'est... votre amitié que j'implore. (*Mouvement d'Henriette.*) J'en suis digne, madame... l'affection que me porte Emmeline... ce cœur droit, honnête et pur, doit vous être garant de ma loyauté.

HENRIETTE.

Sans doute, mais...

FÉLIX.

Je vous le jure, madame, je ne suis ni un insolent, ni un téméraire, mais un pauvre marin qui ne sait rien du monde, rien de la vie... Voilà bien longtemps que je vis entre le ciel et l'eau, avec l'orage pour confident, de rudes matelots pour famille, et le pont d'un navire pour patrie ; et depuis que je vis errant dans les plaines inconnues d'une mer immense, je n'ai eu que des rêves à jeter en pâture à mon âme aimante, passionnée...

HENRIETTE.

Comment ?

FÉLIX.

Si vous saviez les tortures de certaines âmes d'enfants... pauvres plantes qui n'ont trouvé que de durs cailloux sur le sol domestique.

HENRIETTE.

Ces tortures !... oh ! je les sais !...

FÉLIX.

Ma mère... pourquoi faut-il que je l'accuse !... ma mère réprima mes premières joies, mes premiers sourires par le feu dévorant d'un regard sévère... toujours sacrifié à mon frère aîné... qui était le roi de la maison... il eût un précepteur ; moi, je fus mis au collège... chaque année... j'y remportais tous les prix les plus enviés, et quand j'allais les recevoir au milieu des acclamations, des fanfares... je n'avais là personne... personne pour m'embrasser.

HENRIETTE, *à part.*

La même enfance !...

FÉLIX.

Ainsi s'est passée ma jeunesse... privée de toute joie... de tout plaisir... j'avais un cœur aimant et rien à aimer... mais un jour enfin, jour bienheureux pour moi, un homme me tendit la main... c'était monsieur Chessel... oh ! sans lui... sans l'affection dont je me suis pris alors pour son enfant, pour sa petite Emmeline... oh ! je vous le jure, je serais mort de chagrin.

HENRIETTE.

Vous avez dû bien souffrir ?

FÉLIX.

Mes classes terminées... sans consulter mes goûts, ma vocation... un décret de ma famille m'envoya continuer mon exil à l'école navale de Brest, et au bout d'un an... je partais comme aspirant... Vous pouvez donc comprendre, madame, le délire qui m'a saisi dans ce bal à la vue d'une femme qui réalisait à elle seule toutes les beautés, toutes les grâces rêvées par un cœur privé de toute joie, privé de tout amour...

HENRIETTE, *sévèrement.*

Monsieur !...

FÉLIX.

Oh ! madame !... vous devez me comprendre et m'absoudre, car, vous aussi, je l'ai deviné, vous aussi vous avez souffert... et vous souffrez encore...

HENRIETTE, *troublée.*

Moi, monsieur ? mais non, vous vous trompez... Je ne sais ce que vous voulez dire...

FÉLIX, *décontenancé.*

Pardon ! je croyais...

HENRIETTE.

Pour la mère dont l'enfant grandit sous ses yeux, il ne peut y avoir sur terre que du bonheur ? Détrompez-vous donc, monsieur, je suis heureuse !... bien heureuse !...

SCÈNE VII.

HENRIETTE, LE COMTE, FÉLIX.

LE COMTE, *hors de vue.*

Grossier ! manant !...

HENRIETTE.

Qu'est-ce donc ?

FÉLIX.

Monsieur de Mortsauf qui a une discussion avec un ouvrier.

HENRIETTE.

O mon Dieu ! (*Au comte qui paraît.*) Mon ami, qu'y a-t-il ?

LE COMTE.

Un ouvrier... qui m'insulte chez moi... devant ses pareils... m'appeler vieux fou... Voilà ce que c'est que la familiarité... l'indulgence.. ma journée est gâtée... perdue... j'allais merveilleusement bien... j'en étais étonné moi-même... le pouls était bon... tous les symptômes alarmants avaient disparu.... Il faut que ce vaurien... j'en suis encore tout ému. (*Tendant son bras à Henriette.*) Tenez, voyez donc, Henriette, je suis sûr que j'ai cent cinquante pulsations. (*Prenant la main de Félix.*) Sentez... sentez comme mon cœur bat... j'aurai ma crise... mes palpitations... ces gens-là me tueront !

HENRIETTE.

Ils y perdraient trop !... vous êtes si bon pour eux.

LE COMTE.

Trop bon ! trop bon !... Et vous surtout, trop bonne... trop faible... Ils savent que lorsque je les chasse... vous les secourez... en cachette... tout cela pour vous faire bien venir de cette valetaille... Dernièrement encore...

HENRIETTE.

C'est vrai... j'ai eu tort...

LE COMTE.

Pardieu ! (*Retournant sur ses pas et ayant l'air de s'adresser à l'ouvrier qui l'a insulté.*) Misérable !

HENRIETTE, *le ramenant.*

Tout-à-l'heure, mon ami, monsieur de Vandenesse admirait notre Clochegourde.

LE COMTE, *se calmant.*

Ah ! (*Revenant à son idée.*) Gredin !

FÉLIX.

En effet... c'est une délicieuse retraite...

LE COMTE, *s'apaisant un peu.*
Voilà le fruit des révolutions !

HENRIETTE.
Quand le soleil sera un peu baissé vous devriez faire voir vos cultures à monsieur le vicomte.

FÉLIX.
Ce serait pour moi un grand plaisir... car je suis d'une ignorance !

LE COMTE.
Il ira chercher du travail chez M. Chessel...

HENRIETTE.
Mon ami !...

LE COMTE.
Oui, vous avez raison... je me fais mal !... je ne veux plus penser à cela... Voyons, de quoi parliez-vous ? ah ! de mes terres ? Eh bien ! oui... oui, je vous les ferai voir... nous ferons un cours complet d'agriculture.

HENRIETTE.
Et vous aurez, monsieur, un excellent professeur.

LE COMTE.
Mais le soir... il faudra venir aussi... nous ferons la partie de tric-trac... le jouez-vous ?

FÉLIX, *avec empressement.*
C'est mon jeu favori.

LE COMTE.
Très-bien... ah ça !... le château... vous n'en dites rien...

FÉLIX.
Tout-à-l'heure, en passant, j'en admirais la façade... un style...

LE COMTE.
Ah ! dame ! ça doit vous paraître bien simple... bien antique auprès de la somptueuse demeure de votre hôte.

FÉLIX.
Chacune a son mérite... la riche propriété de monsieur Chessel est une massive argenterie... la vôtre, monsieur le comte, est un écrin de pierres précieuses.

LE COMTE, *riant.*
Ah ! ah ! s'il vous entendait... il serait furieux... ah ! ah ! une massive argenterie... c'est bien cela... n'est-ce pas, Henriette ? Ah ! ah ! un écrin de pierres précieuses... c'est très-bien trouvé... Voyez... voyez... l'effet du rire... et du contentement... je suis déjà beaucoup mieux que tout-à-l'heure.

HENRIETTE.
Vous voyez bien, mon ami, que vous ne devriez jamais vous mettre en colère.

LE COMTE.
Quoi, que voulez-vous dire ? si je me mets en colère, ce n'est point pour m'amuser, sans doute... j'ai mes raisons pour cela. Avais-je tort tout-à-l'heure ? (*Mouvement d'Henriette.*) Eh ! mon Dieu ! ne haussez donc pas les épaules... dites-moi franchement que je vous fais pitié... que je n'ai pas le sens commun... que je suis inepte... insultez-moi... chez moi... devant un étranger, comme l'ouvrier dont vous prenez le parti !

HENRIETTE.
Mais, mon ami je n'ai rien dit...

LE COMTE.
Que faites-vous ici ?... au lieu d'être auprès de votre enfant, que tout-à-l'heure je viens de voir rentrer toute souffrante.

HENRIETTE.
Madeleine ?... j'ignorais...

LE COMTE.
Sans doute, vous l'envoyez en promenade quand il fait un soleil brûlant !...

HENRIETTE.
Mais non, mon ami, c'est vous même qui avez voulu...

LE COMTE.
Allons, bon ! c'est moi qui ai tort... Oh ! les femmes veulent toujours avoir raison. Mais, allez donc, madame, allez donc auprès de votre fille, et mettez-là au lit, corbleu ! quand on a des enfants si mal portants on devrait savoir les soigner.

HENRIETTE.
Mon Dieu ! pourvu que cela ne soit rien. (*Elle rentre au château.*)

LE COMTE, FÉLIX.

LE COMTE, *s'asseyant à gauche.*
Tout cela me tuera ! tout cela me tuera !

FÉLIX, *à part, regardant vers le château.*
Pauvre victime ! (*Haut en s'approchant du comte.*) Je vais me retirer monsieur le comte... je comprends que ma présence...

LE COMTE.
Non, mon ami, non, restez... je suis bien aise d'avoir là quelqu'un qui me comprenne, quelqu'un qui ait le sens commun... Oh ! voyez-vous, monsieur de Vandenesse, vivre ainsi, dans des transes perpétuelles, c'est intolérable... comment veut-on que je recouvre la santé ?... c'est-à-dire qu'au train dont ça va... je n'ai pas six mois à vivre !

FÉLIX.
Monsieur le comte !...

LE COMTE.
Oh ! je sais ce que je dis... je connais mon mal, je l'étudie constamment... je suis devenu médecin... et je me suis dicté un régime... d'anachorète... le lait... les viandes blanches... pas d'émotions... enfin la vie d'une pensionnaire... Voyez-vous mon ami, il n'y a que ça...

FÉLIX.
Sans doute... sans doute !

LE COMTE.
Le régime et les soins de toutes les minutes... mais bah !... ma femme n'y entend rien... elle ne sait pas plus soigner son mari que son enfant !... Eh ! mon Dieu, je ne peux pas lui en vouloir... ce n'est pas sa faute... on ne lui a pas appris... elle ne peut pas donner des soins qu'elle même n'a pas reçus de sa mère... car, mon cher monsieur, Henriette a eu l'enfance la plus malheureuse !...

FÉLIX, *avec intérêt.*
Oui, n'est-ce pas ?...

LE COMTE.
Ma belle-mère est une égoïste... oh ! l'égoïsme !... je pardonne tous les vices, excepté celui-là... n'êtes-vous pas de mon avis ?

FÉLIX.
Oui, monsieur le comte.

LE COMTE.
La duchesse n'a jamais compris sa fille... je me rappelle que lorsque je faisais la cour à Henriette et que je lisais sur son front toutes ses douleurs inexprimées... je la comparais tout bas à une fleur broyée par les rouages d'une machine d'acier poli... la machine... c'était ma belle-mère.

FÉLIX, *à part.*
Pauvre femme !

LE COMTE.
Ah ! il était temps que je la lui retirasse des mains pour lui donner tout le bonheur qu'elle mérite... (*Félix le regarde avec étonnement.*) car... ma pauvre femme... c'est un ange !

FÉLIX.
Oui !... un ange !

LE COMTE.
C'est égal, mon cher, ne vous mariez pas... ce tête à tête de toute la vie... cet éternel duo d'amour obligé... c'est quelque chose d'assommant... croyez-moi... restez garçon... c'est plus commode.

FÉLIX, *avec une émotion pénible.*
Pardon, monsieur le comte, mais il est temps, je crois, de me retirer, et...

LE COMTE.
Allons donc... il n'y a que cinq minutes que vous êtes ici... Vous ne savez pas, vous devriez rester à dîner avec nous... nous ferions quelques parties de tric-trac... et puis j'aurais un malin plaisir à vous enlever à l'ami Chessel.

FÉLIX.
C'est trop de bonté !

LE COMTE, CERNY, FÉLIX.

CERNY, *entrant à reculons au second plan à droite et parlant à la cantonnade.*
Oui, c'est cela, promenez le tout doucement, mais ne serrez pas trop sur la bride... rendez !... rendez !...

LE COMTE.
Monsieur de Cerny !

CERNY.

Ah! monsieur le comte... (*Saluant Félix.*) Monsieur!

LE COMTE, *qui est remonté.*

Ah ça! vous avez donc couru la poste? Il me semble que votre cheval est blanc d'écume...

CERNY.

Oui... oui... c'est vrai... pauvre bête!

LE COMTE.

Vous aviez donc le diable à vos trousses?

CERNY.

Ma foi... presque... mais un diable couleur de rose... Une piquante amazone dont je vous annonce à coup sûr la visite... votre nouvelle voisine.

LE COMTE.

Ah bah! lady Arabelle Ludley?

FÉLIX, *à part.*

Elle, ici! (*Il remonte la scène et peu après redescend à gauche.*)

CERNY.

Je venais bien tranquillement vous voir, la bride sur le cou, lorsqu'au détour du petit bois d'Aulnay, vous connaissez? j'aperçois lady Arabelle qui se lance ventre à terre au milieu d'un nuage de poussière... je comprends... je pique des deux et me voilà parti comme une flèche.

LE COMTE.

Ah ça! mais, je ne comprends pas... lady Arabelle... je croyais... Vous la fuyez donc maintenant?

CERNY.

Toujours! vous savez mon système... que je vous ai développé.

LE COMTE.

C'est vrai... (*A Félix.*) Mon cher monsieur de Vandenesse, je vous recommande monsieur de Cerny... le gaillard le plus fort en théorie amoureuse... Si vous avez besoin de leçons... de conseils...

CERNY.

Moquez-vous! moquez-vous! Celle-là... pour le coup... je la tiens!...

SCÈNE XI.

CERNY, CHESSEL, ARABELLE, LE COMTE, FÉLIX, *au fond.*

ARABELLE, *entrant par la droite au second plan et donnant le bras à Chessel.*

Bah! vraiment?.. monsieur de Vandenesse est ici?

CERNY, *au Comte*

Quand je le disais!

LE COMTE, *allant à Arabelle.*

Milady!

ARABELLE.

Mon Dieu, monsieur le comte, vous allez trouver ma première visite bien étrange, bien sans gêne peut-être... mais si je vous déplais vous n'aurez qu'à dire et je ne vous ferai pas longtemps souffrir de ma personne... Nouvelle propriétaire, j'ai voulu rendre mes devoirs aux plus anciens habitants de la contrée... on se voit une fois... on se juge... si l'on se convient, c'est à merveille... si les atomes ne s'accrochent pas, tout est dit, cela ne va pas plus loin et l'on se salue quand on se rencontre. Est-ce que je n'aurai pas le plaisir de voir madame la comtesse?

LE COMTE.

Si vraiment, milady... elle est auprès de sa fille qui est un peu indisposée.

ARABELLE.

Oh! pauvre chère enfant!

LE COMTE.

Mais on l'a dû prévenir de votre arrivée et elle va descendre, j'espère...

ARABELLE.

Figurez-vous... je viens de faire la course la plus charmante... la plus bouffonne... J'avais devant moi... le cavalier monté le plus grotesquement du monde... un petit fils de Don Quichotte sur un descendant de Rossinante. (*Elle rit.*)

LE COMTE.

Ah! bah!

CERNY, *bas au Comte.*

Elle est furieuse contre moi!

ARABELLE.

Je l'avise au coin du petit bois d'Aulnay et sa tournure de loin me paraît si comique... si impossible... que je veux me donner la joie de le voir tout à l'aise... je lance mon cheval, aussitôt... mon inconnu prend un temps de galop si pittoresque, si accidenté, si fantastique... qu'un fou rire me saisit et me contraint à ralentir le pas... C'était des soubresauts!... les étriers qui battaient les flancs du pauvre cheval... deux grandes jambes maigres et bêtes qui flottaient au vent... une main qui se cramponnait à la crinière de la monture... une autre qui retenait un chapeau toujours près de perdre son centre de gravité... (*Tout le monde rit excepté Cerny.*) Oh! je l'aurais suivi pendant huit jours... mais, je l'ai perdu de vue... au détour d'une avenue... en approchant d'ici... Vous ne savez pas qui ce peut-être?...

CHESSEL.

Non... non... Si mon ami de Cerny n'était pas là... je dirais que ça ne peut-être que lui...

LE COMTE.

Très bien...

CERNY, *à Chessel.*

Monsieur!

ARABELLE.

Comment! Ah bah! c'était vous? Ah! mon cher, vous êtes impayable.

CERNY.

Milady... je suis trop heureux! (*Bas à Chessel.*) Elle a des larmes dans les yeux!

CHESSEL.

Oui... à force de rire!

SCÈNE XI.

LES MÊMES, HENRIETTE, *sortant du château.*

FÉLIX, *à Henriette en allant au-devant d'elle.*

Eh bien, madame?

HENRIETTE, *allant à Arabelle.*

Madeleine est mieux, monsieur, beaucoup mieux; ça ne sera rien.

ARABELLE, *bas à Chessel.*

Tenez, quand je vous le disais...

CHESSEL, *bas à Arabelle.*

Bah! vous croyez que Félix?...

ARABELLE, *bas à Chessel en voyant Félix parler à Henriette.*

J'en suis sûre. (*Saluant Henriette.*) Madame la comtesse!

HENRIETTE, *saluant.*

Milady.

ARABELLE.

Vous me pardonnez, madame, j'espère, cette visite (*en lançant un regard à Félix.*) inopportune, peut-être...

HENRIETTE, *froidement.*

Madame...

LE COMTE, *offrant un siège à Arabelle.*

Milady!...

ARABELLE.

Merci, monsieur le comte. (*Elle s'assied.*)

CHESSEL.

Ma foi, c'est une idée. (*Il prend une chaise.*) Je n'y comprends rien, je n'ai pourtant marché que sur vos talons... et je suis fatigué. (*Se reprenant.*) Aïe! c'est une épigramme.

LE COMTE, *tirant sa montre.*

Et il n'est pas midi... vous avez perdu!

(*On s'assied dans l'ordre suivant: Félix, le comte, Chessel, Arabelle, Henriette, Cerny.*)

ARABELLE, *bas à Chessel, en regardant Félix.*

Il ne la quitte pas des yeux... (*Haut.*) Eh bien, monsieur de Vandenesse... êtes-vous plus gai à midi... qu'à minuit... vous étiez d'un sombre hier soir!... mais il faudra venir me voir... à la campagne... à Paris surtout... (*A Henriette.*) Vous permettez, madame, que je vous vole vos amis. (*Henriette s'incline en souriant.*)

CERNY, *à part.*

Tenons nous ferme.

ARABELLE, *à Félix.*

Nous tâcherons de vous distraire... monsieur de Cerny sera des nôtres... il vous amusera...

CERNY.

Vous êtes trop bonne, milady.

ARABELLE.

Non... en vérité... on vous dit un joyeux convive... on vous prête de l'esprit...

CHESSEL, *riant.*

Et il ne le rend pas ! (*Arabelle et le comte rient aux éclats.*)

CERNY, *qui n'a pas compris.*

Hein ! plaît-il ! je n'ai pas entendu... je pensais à autre chose.

ARABELLE.

Ah ! vous êtes charmant. (*A Félix.*) Eh ! bien, monsieur acceptez-vous mon invitation ?

FÉLIX.

Pardonnez-moi, madame, mais...

ARABELLE.

Ah ça ! mais... vous me détestez... décidément.

FÉLIX.

Pas le moins du monde... madame.

ARABELLE

Si ! si ! je le vois bien; ah ! prenez garde, je vous en préviens, j'adore les gens qui me détestent, moi !...

CERNY, *à part.*

Je le sais...

ARABELLE.

Oui, cela me change... restez donc toujours ainsi... bien froid... bien dédaigneux, je vous trouve adorable. (*A Henriette.*) N'est-il pas vrai, madame, que cela lui va fort bien ?

LE COMTE.

A merveille !

ARABELLE, *à Félix.*

Mais surtout ne tournez pas au madrigal... au bouquet à Chloris... je vous prendrais en aversion !

LE COMTE, *bas à Cerny.*

Elle est charmante !

CERNY, *à part.*

Ah ! oui.

ARABELLE.

Moi, j'ai fait de mon salon une sorte de club... un centre... un foyer qui brille et qui attire... on y vient réchauffer son esprit au feu de la conversation... le feu s'éteint parfois... mais la politique le rallume... car elle y est permise... et cependant l'ennui est défendu. (*A Henriette.*) Vous y viendrez, n'est-ce pas, madame, et vous entraînerez monsieur le comte de Mortsauf. (*S'adressant au comte.*) Nous causerons politique, monsieur le comte... Je vous préviens que je suis de l'opposition... je suis whig.

LE COMTE.

Pourquoi donc ?

ARABELLE.

Lord Ludley est tory. En littérature... je suis shakespéarienne avant tout... (*A Félix.*) Et vous, monsieur ?

CHESSEL.

Oh ! lui... c'est un rêveur... un allemand !

FÉLIX.

Oui, madame, en effet...

ARABELLE.

Fanatique de Gœthe, je gage ? pensant comme Werther et adorant, en secret, quelque Charlotte... soyez franc ?... (*A Henriette.*) Chère madame, il faudra que nous le guérissions de cette folie-là ! (*Riant à Félix.*) Ah ! ah ! ah ! Werther ! Charlotte !... d'honneur, est-ce que vous croyez que c'est arrivé ?

LE COMTE.

Oh ! en Allemagne !

ARABELLE.

Mais ces petits personnages-là, ça ne pense pas, ça ne marche pas, ça n'aime pas surtout ! leur amour, ce n'est pas de l'amour, c'est quelque chose bouché à l'émeri comme l'éther... Werther faisait des phrases, et Charlotte des tartines... la jolie histoire !... Allons donc ! le véritable amour agit d'autre sorte, monsieur ; il ne s'amuse pas à mettre une grande robe et un bonnet pointu pour faire *préchi précha* pendant des siècles, il jette de l'or aux postillons, et voilà tout.

LE COMTE, *riant.*

Ah ! ah ! ah ! ainsi, vous, Milady, à la place de Werther, vous eussiez enlevé Charlotte ?

ARABELLE.

Parfaitement.

HENRIETTE.

Mais... Charlotte avait des enfants?

ARABELLE, *avec vivacité.*

Alors que ne les berçait-elle pour endormir son amour ? (*Henriette la regarde étonnée.—Elle se lève et changeant de ton.*) Ah ! ah ! ah ! c'est délicieux, voilà que nous nous querellons pour des êtres imaginaires. Gœthe rirait bien s'il nous entendait... C'est égal, monsieur de Vandenesse, croyez-moi... préférez toujours aux Marguerite et aux Charlotte, les Cordélia et les Juliette. (*A Henriette.*) Madame, je vous demande en grâce de ne pas vous déranger. Retournez auprès de votre chère enfant... monsieur le comte va me reconduire.

LE COMTE.

Voici mon bras.

CERNY, *bas à Chessel.*

Me conseillez-vous de me prononcer.

CHESSEL, *bas.*

C'est le moment ou jamais...

ARABELLE, *avec intention.*

A bientôt, monsieur de Vandenesse... à bientôt, à Paris... Madame !...

FÉLIX, *saluant.*

ARABELLE, *après avoir salué Henriette.*

Venez donc, monsieur Chessel.

CERNY,

Si milady veut bien le permettre, je ferai route avec elle ?...

ARABELLE.

Comment donc, mais cela fera la joie de mon cœur.

CERNY, *à Chessel.*

Décidément, je vais me déclarer.

CHESSEL.

Très-bien... à cheval, ça sera drôle !

(*Arabelle sort par la droite, en donnant le bras au comte, elle salue une dernière fois Henriette.—Chessel la suit avec Cerny.— Henriette les accompagne jusqu'au fond à droite. — Tout en restant en vue du public; elle semble assister au départ d'Arabelle et de Cerny.*)

SCÈNE XII.

FÉLIX, HENRIETTE.

FÉLIX, *seul sur le devant du théâtre et regardant lady Arabelle.*

Oh ! vous avez beau faire, lady Arabelle... (*Montrant Henriette.*) voici l'ange.... et vous êtes le démon... Vous avez beau faire, c'est l'ange qui sera le but de ma vie... la raison de ma destinée...

ARABELLE, *hors de vue.*

Restez donc... je vous prie... adieu ! adieu !... (*Henriette salue et revient. — Elle se dirige vers le pavillon.*)

FÉLIX.

Madame, vous rentrez déjà ?

HENRIETTE.

Je vais voir si Madeleine repose. (*Elle entrouve la porte.*)

FÉLIX.

Eh bien !

HENRIETTE.

Oui, elle dort.

FÉLIX, *vivement*

Il ne faut pas l'éveiller. (*Henriette redescend. — Félix avec intérêt.*) Qu'avez-vous donc ?

HENRIETTE.

Mais... rien.

FÉLIX.

Oh ! si !... j'ai surpris dans vos yeux comme un éclair de joie.

HENRIETTE, *souriant.*

Cela se voit donc ?

FÉLIX.

Ah ! je ne me suis pas trompé ?

HENRIETTE.

Non, en ce moment je suis heureuse !

FÉLIX.

Vraiment ?

HENRIETTE, *à voix basse.*

J'ai eu bien peur ce matin, je n'ai pas voulu effrayer monsieur de Mortsauf, et je n'ai rien dit ; mais lorsque j'ai appris cette indisposition subite de Madeleine...

FÉLIX.

Eh bien ?

HENRIETTE.

J'ai tremblé... car il paraît qu'une affreuse maladie d'enfants fait en ce moment de grands ravages en Touraine...

FÉLIX, *avec effroi.*

Oh !

HENRIETTE.

Mais Madeleine est calme, ce n'était rien, et je vous le dis : en vérité je suis bien heureuse. (*Vivement.*) Ne parlez de cela à personne !

FÉLIX.

Oh ! ne craignez rien, j'ai l'égoïsme du cœur... je suis fier de posséder un de vos secrets et je ne veux le partager avec personne... oh ! merci !... merci, madame, car cette confidence !... c'est presque un pardon. (*Prenant la main qu'Henriette lui tend.*) Vous m'acceptez pour ami, n'est-ce pas ?

HENRIETTE.

Sans doute !... n'êtes-vous pas l'ami de mon mari ?

FÉLIX, *étourdiment.*

Oh ! pardon ! je vais vous offenser peut-être, mais il me serait impossible d'aimer celui qui vous fait tant souffrir.

HENRIETTE.

Monsieur !...

FÉLIX.

Ce matin, vous me disiez : je suis heureuse... et monsieur le comte m'a prouvé que vous aviez fait un mensonge sublime.

HENRIETTE.

Monsieur de Vandenesse, je vous en prie... ne parlons plus de cela... j'ai oublié hier, oubliez aujourd'hui...

FÉLIX.

Je ne pourrai jamais... (*Henriette se dispose à sortir. —L'arrêtant.*) Un mot, madame, un mot encore... êtes-vous de l'avis de lady Arabelle, qui nie les amitiés saintes... les adorations muettes ?

HENRIETTE.

Pourquoi me demandez-vous cela ?...

FÉLIX.

C'est que s'il en était ainsi, madame, je serais le plus malheureux des hommes, car j'ai juré de vous dévouer ma vie !

HENRIETTE, *vivement.*

Oh ! taisez-vous, monsieur !

FÉLIX.

Ne repoussez pas l'humble amitié qui demande à se faire votre soutien... l'amitié, l'amitié seulement, au nom du ciel, Madame, ne m'empêchez pas d'y croire !...

HENRIETTE.

Monsieur, je ne comprends pas... Qui donc vous a donné le droit de me parler ainsi ?...

FÉLIX.

Vos souffrances, madame, l'abandon dans lequel vous vivez, les injustices de ceux que vous aimez.

HENRIETTE.

Monsieur, il ne vous appartient pas de juger les actions de monsieur le comte de Mortsauf ; et d'ailleurs, vous êtes injuste envers lui... ce matin, il était nerveux, irritable, il souffrait, mais il est rarement ainsi... et, je vous le répète, il m'aime et je suis heureuse.

FÉLIX.

Pardon ! pardon ! mais je ne vous crois pas.

HENRIETTE.

Monsieur...

FÉLIX.

Oh ! maintenant, voyez-vous, madame, vous pouvez bien me mépriser, me haïr, me chasser même, mais vous ne pouvez plus me cacher ni vos souffrances, ni vos larmes, car, j'ai tout compris... Je n'ai lu qu'une page de votre vie... et je l'ai devinée tout entière... je sais que nous avons eu la même mère... l'adversité... acceptez donc mon dévouement... et adoptez mon cœur ! ce pauvre orphelin qui n'a rien à aimer... et je vous le jure, il n'y aura de place dans ce cœur que pour l'abnégation et le respect... mes lèvres ne s'ouvriront que pour vous plaindre ou vous consoler... mon seul désir sera de vous voir heureuse, mon seul bonheur sera de vous voir sourire... jamais je n'en rêverai d'autres, je vous le jure sur ce que j'ai de plus cher, je le jure sur la vie de Madeleine.

HENRIETTE, *avec un cri.*

Ah ! qu'avez-vous dit ! vous m'avez fait peur ! rétractez ce serment, je ne l'accepte pas...

FÉLIX.

Vous doutez donc de moi ?...

HENRIETTE.

Ne m'interrogez pas ? vous me rendez folle, il me semble que je rêve.

SCÈNE XIII.

EMMELINE, FÉLIX, HENRIETTE.

EMMELINE, *entrant.*

Ils sont encore là ?... la paix n'est donc pas faite ?

HENRIETTE, *à part.*

Mon Dieu ! mon Dieu ! est-il vrai que l'on puisse être aimée ainsi ?

FÉLIX, *à Henriette.*

Vous pleurez... vous avez pleuré devant moi !... vous m'acceptez donc pour ami... Oh ! à compter de ce jour vos larmes ne couleront plus amères, silencieuses ; je serai là pour les recueillir, pour les sécher...

EMMELINE.

Que dit-il ?... (*Elle tresse machinalement une couronne de bluets.*)

FÉLIX.

Oh ! comme la vie va me sembler belle !... comme les journées vont me sembler courtes... je vais avoir le droit de lire dans vos yeux, dans votre âme... et Madeleine, votre enfant chérie, comme je vais l'aimer ! nous serons deux pour veiller sur elle, le malheur ne pourra l'atteindre auprès de nous...

HENRIETTE, *à part,*

Ô mon Dieu ! pardonnez-moi le bonheur que je goûte à l'entendre.

FÉLIX, *voulant prendre la main d'Henriette.*

Votre main ! mon amie... ma sœur !

EMMELINE. *à part.*

Mon Dieu ! qu'ai-je donc ? est-ce que je suis jalouse !...

FÉLIX.

Vous ne me répondez pas... mais votre main tremble, vous me souriez... Oh ! vous croyez en moi !... merci ! merci ! (*Il lui baise la main avec transport, Henriette troublée la lui retire aussitôt.*)

EMMELINE, *avec un cri étouffé, et laissant tomber ses fleurs*

Oh ! je comprends tout... Je l'aime !

HENRIETTE, *l'apercevant*

Emmeline !

FÉLIX, *se retournant*

Elle !... (*Emmeline essuie vivement ses larmes à la dérobée.*)

HENRIETTE.

Viens donc !

EMMELINE.

Me voilà... (*Elle veut marcher, chancelle et est soutenue par Félix.*)

FÉLIX

Emmeline !... mon enfant, qu'avez-vous ?

EMMELINE, *au milieu, souriant,*

Rien... rien... j'accourais... j'ai heurté du pied contre un caillou, je me suis fait mal, et j'ai laissé tomber mes fleurs...

HENRIETTE.

Comme elle est pâle !

EMMELINE.

Pâle ? moi !... Oh ! par exemple j'ai la tête brûlante ! Eh bien, vous vous êtes réconciliés ?

FÉLIX.

Oui, oui, grâce à vous, Emmeline.

EMMELINE.

Oui, grâce à moi ! et j'en suis bien... heureuse... (*Retenant ses pleurs.*) Bien heureuse !

SCÈNE XIV.

FÉLIX, EMMELINE, LE COMTE, CHESSEL. HENRIETTE.

CHESSEL,

Ah ! te voilà, Emmeline, je te cherchais... je voudrais rentrer, tu sais, j'ai à écrire à ta tante.

EMMELINE, *vivement.*

Oui, oui ! c'est vrai... partons. Venez, Félix ; adieu, Henriette.

LE COMTE.

Un instant ! un instant ! diantre, comme mademoiselle Emmeline est pressée de nous quitter... mais je n'entends pas cela... d'abord, vous dînez tous ici...

EMMELINE.

Monsieur le comte... mais mon père doit écrire...

LE COMTE.

Il écrira dans mon cabinet... Et maintenant une grave question.

CHESSEL, *riant*

Voyons ?

LE COMTE.

Allez-vous décidément en Normandie ?

CHESSEL.

Mais, je... (*Il regarde Emmeline.*)

EMMELINE, *vivement.*

Oui, oui, monsieur le comte... Nous partons demain.

CHESSEL, *riant*

Tête de linotte, va ! ce matin, elle ne voulait pas entendre parler de ce voyage...

FÉLIX, *bas.*

En effet vous m'aviez promis ?...

EMMELINE.

Oui, mais j'ai réfléchi... il le faut, ma tante serait furieuse ! et puis, on s'amuse beaucoup chez elle, on danse tous les jours, on joue des proverbes... c'est charmant... et... (*Baissant les yeux.*) Il faut venir avec nous...

LE COMTE.

Pardon ! pardon... voilà justement où je voulais en venir... monsieur de Vandenesse n'est plus votre hôte, il devient le mien.

EMMELINE, *à part.*

Ah ! mon Dieu !

LE COMTE.

J'hérite de notre cher marin... j'aurais préféré vous le voler, mais enfin !...

CHESSEL.

Ma foi ! mon cher comte, vous aurez donc fait quelque chose de bien en votre vie... car ce pauvre Félix a assez voyagé et ne doit pas tenir à voir la Normandie ; et d'un autre côté, il serait mort d'ennui seul dans notre ermitage, ainsi...

LE COMTE.

C'est convenu. (*A Félix.*) Vous acceptez ?... (*Félix s'incline.*) Bravo !

EMMELINE, *à part avec douleur.*

Il reste ! (*On entend la cloche du château au loin.*)

CHESSEL.

Voici la cloche du dîner...

LE COMTE, *à Félix*

Félix, offrez donc votre bras à ma femme...

Félix donne le bras à Henriette. — Emmeline a fait un mouvement et a quitté le bras du comte.)

EMMELINE.

Pardon, monsieur, je vous suis... j'ai oublié mes fleurs... (*Henriette et Félix ont déjà disparu. — Emmeline ramasse ses fleurs et quand elle est seule, elle se laisse tomber sur le banc. — Pleurant.*) O ma mère ! ma mère !...

Fin du deuxième Acte.

ACTE III.

Un salon avec porte au fond, donnant sur le parc, et une grande fenêtre de chaque côté de la porte. — Au premier plan, à gauche, une cheminée avec pendule et vases de fleurs ; devant la cheminée, une table de tric-trac. — Au deuxième plan, une porte. — Au premier plan, à droite, une porte.— Sur le devant de la scène, un canapé. — Au milieu du théâtre, une table ronde, autour de laquelle sont assis : à gauche, le comte ; en face du public, Félix ; à droite, Henriette.

SCÈNE Ire.

CHESSEL, *lisant un journal, assis à la table de tric-trac ;* LE COMTE, *lisant un vieux livre ;* FÉLIX, *dessinant ;* HENRIETTE, *brodant.*

LE COMTE, *assis.*

Il y a parfois dans ces vieux livres de médecine des aperçus pleins de justesse... Oui... c'est bien cela... c'est mon mal, je ne le décrirais pas mieux... Le diagnostic est exact, et les phénomènes symptomatiques sont bien tous les mêmes. Voyons le traitement. (*Il feuillette le livre.*)

HENRIETTE, *regardant ce que fait Félix.*

C'est donc encore mon portrait que vous faites ?

FÉLIX.

Un croquis.

HENRIETTE.

Cet album en est plein... vous me saurez par cœur.

LE COMTE.

Eh bien ! m'en voilà convaincu, mon cher Félix, le régime que je m'impose depuis si longtemps ne me vaut rien du tout. J'ai fait des découvertes admirables dans ce livre.

FÉLIX, *tout en travaillant.*

Vraiment ?

CHESSEL.

Comte, est-ce que vous avez découvert que le cœur est à droite ?

LE COMTE, *avec aigreur.*

Il n'est ni à droite, ni à gauche chez les gens qui n'en ont pas, monsieur.

FÉLIX, *riant.*

A monsieur, monsieur Chessel, franc de port !

LE COMTE.

Ma parole... c'est quelque chose d'inouï que ce Chessel.., Il s'en va quinze jours avec sa fille... en Normandie... quinze jours que nous avons passés, à nous trois, dans le paradis... N'est-ce pas, Henriette ?.. Le voilà revenu ; il accourt au débotté me faire sa première visite. On pourrait croire que c'est de l'amitié ! ah bien, oui ! c'est pour recommencer sa guerre de coups d'épingles.

CHESSEL.

C'est pourtant vrai... mais ce n'est pas ma faute, si nous sommes venus ce soir... c'est ma fille... c'est Emmeline qui l'a désiré... Je vous avoue que j'aurais bien attendu à demain pour vous voir ; mais elle ne peut se passer de vous... c'est-à-dire que, depuis deux heures que nous sommes revenus : — « Père, allons dire bonsoir à Henriette ; — père, allons savoir « des nouvelles de monsieur le comte ! » Voilà son refrain.

HENRIETTE.

Elle nous aime beaucoup ; nous le lui rendons bien... Mais il fait frais ce soir ; vous devriez dire à Emmeline de rentrer, monsieur Chessel.

CHESSEL, *allant au fond et appelant.*

Emmeline !...

EMMELINE, *du jardin.*

Me voilà !...

LE COMTE, *frappant avec joie sur son livre.*

Je tiens le traitement qu'il me faut !... tout le contraire de ce que je faisais !... viandes noires... gibier... bon vin... et le reste... Pardieu ! avec mon existence de cénobite... je me tuais ! (*Il se lève et passe à gauche.*)

SCÈNE II.

LES MÊMES, EMMELINE, *qui va s'asseoir sur le canapé, à droite.*

CHESSEL.

C'est évident !... (*Regardant ce que Félix dessinait.*) Tiens tiens ! tiens !... mais c'est fort gentil, ça... Décidément, vous avez un talent de premier ordre... C'est très-ressemblant.

LE COMTE, *regardant.*

Oui... pas mal... mais c'est flatté.

CHESSEL.

Toujours aimables, ces chers maris !

HENRIETTE.

Toujours vrais, cela vaut mieux.

LE COMTE.

On étouffe ici ! (*Il va ouvrir la fenêtre du fond, à gauche, et *s'appuie au balcon. — A Chessel, qui le suit.)* Il me semble qu'Emmeline est un peu triste, un peu rêveuse.

CHESSEL, *en riant.*

Ce sont ses dix-sept ans qui lui chantent dans le cœur et qu'elle ne comprend pas.

FÉLIX.

Venez, Emmeline, vous allez me faire vos observations, vos critiques.

EMMELINE.

Moi ?

HENRIETTE.

C'est vrai... tu dessines ?

EMMELINE, *se levant et allant près de Félix.*

Je dessinais, mais je ne dessine plus.

CHESSEL, *quittant la fenêtre.*

Elle chantait... elle ne chante plus.., elle riait... elle ne rit plus... elle parlait... elle ne parle plus... Ça n'est pas un mal !... *(L'embrassant.)* Chère enfant, va ! ça se passera ! *(à part.)* par-devant notaire.

LE COMTE, *à la fenêtre.*

Une vraie soirée d'été... les fleurs embaument !

HENRIETTE, *attirant Emmeline.*

Qu'as-tu donc, mon enfant ?

EMMELINE, *résistant légèrement.*

Moi ?... rien.

FÉLIX.

Ah ! ma bonne Emmeline... ma filleule, nous nous fâcherons... vous ne me dites plus un mot.. vous avez de grands chagrins que vous me cachez... Vous revenez d'un long voyage sans me sauter au cou... on ne se conduit pas comme ça avec un parrain... *(L'attirant doucement à lui.)* Voyons, pourquoi des larmes dans ces grands yeux-là ? Est-ce que vous avez trouvé votre fleur préférée, flétrie, brisée par le vent ? ... non. L'oiseau favori de votre volière s'est-il envolé, l'ingrat ?... pas davantage !.. Je vois ce que c'est... les pauvres de la vallée auront épuisé vos fonds secrets... et il reste encore des malheureux à secourir ?..

EMMELINE, *saisissant cette idée.*

Oui... oui... justement... des malheureux... il y en a tant !

LE COMTE, *descendant à gauche.*

Des fainéants qui se plaisent à mourir de faim.

CHESSEL, *riant.*

Les sardanapales !

FÉLIX.

Ma filleule ne me refusera pas de m'associer à ses bonnes œuvres ? *(Lui donnant sa bourse.)* Voici pour les pauvres.., *(Lui ouvrant un carton et la faisant asseoir à la table à sa place.)* Et voici pour vous... Choisissez un dessin ; c'est l'ouvrage de mes quinze jours à Clochegourde.

CHESSEL, *à gauche de la table.*

Ah ! c'est la vue du château...

LE COMTE, *entre Chessel et Félix.*

C'est frappant !...

CHESSEL.

Et ce n'est pas flatté. Dites donc, Félix, maintenant que nous voilà revenus... nous vous réclamons... N'est-ce pas, Emmeline ? *(Emmeline ne répond pas.)*

LE COMTE.

Hein ?

CHESSEL.

Vous permettez, madame la comtesse ?

HENRIETTE, *que Félix regarde, hésitant.*

C'est un droit !

LE COMTE,

Halte-là, s'il-vous-plaît ; je mets mon *veto !*

CHESSEL.

Comment !

EMMELINE, *regardant les dessins en retenant ses larmes, à part.*

Son portrait !... toujours !...

LE COMTE.

Félix est mon hôte, vous l'avez mis fort impoliment à la porte... je l'ai recueilli ; nous nous comprenons à merveille... il m'entend... il m'écoute, il est assez fort au tric-trac.

CHESSEL.

Pour être battu.

LE COMTE.

Par conséquent, je le garde !

CHESSEL, *riant.*

Adjugé !...

EMMELINE, *à part.*

Il reste... *(Elle porte la main à ses yeux.)*

HENRIETTE.

Eh bien ! qu'as-tu donc, Emmeline ?

EMMELINE, *troublée.*

Moi ? Rien !

CHESSEL.

Des larmes ?

EMMELINE, *embarrassée et feuilletant les dessins.*

Ce n'est rien... c'est... c'est ce dessin que je prends, et qui m'a rappelé un souvenir...

HENRIETTE.

Qu'est-ce donc ?

FÉLIX.

Vous savez, madame, c'est ce petit coin si pittoresque du cimetière de la vallée... Pourquoi ces tristes idées, Emmeline, choisissez autre chose.

EMMELINE, *pleurant.*

Non, Félix... non, je le garde... ma mère est là.

FÉLIX.

Oh ! que je suis fâché !

CHESSEL.

Maudit dessin !

EMMELINE, *se levant.*

Père... tu dois être fatigué de notre voyage, viens... retirons-nous...

LE COMTE.

Comment, déjà ?

HENRIETTE.

Mais, c'est impossible, tu es encore tout émue.

EMMELINE.

C'est égal.

CHESSEL.

Tu le veux ?

EMMELINE.

Oui.

LE COMTE.

Attendez au moins que j'allume la lanterne... car il fait noir comme dans un four. *(Il allume une lanterne qu'il prend sur la cheminée.)*

EMMELINE.

Adieu, adieu, Félix... adieu, Henriette !

HENRIETTE.

Eh bien !... tu ne m'embrasses pas ?

EMMELINE.

Pardon !... *(Elle l'embrasse.)*

HENRIETTE.

J'irai demain matin savoir de tes nouvelles.

EMMELINE.

Oui, oui, c'est cela. *(Retenant ses larmes et s'efforçant de sourire.)* A demain ! à demain !

CHESSEL, *donnant le bras à Emmeline.*

Adieu... restez donc... nous voyons parfaitement... la lanterne suffit. *(Le comte est passé devant, Chessel le suit avec Emmeline, Henriette les accompagne. Ils disparaissent à droite dans le jardin ; Félix, qui tient la lampe, est resté sur le perron).*

HENRIETTE.

A demain.

CHESSEL, *hors de vue.*

A demain.

SCÈNE III.

HENRIETTE, FÉLIX.

FÉLIX.

Combien je suis heureux d'être un instant seul avec vous ?

HENRIETTE.

Pourquoi donc ?... Qu'avez-vous à me dire ?

FÉLIX, *avec tendresse.*

Mille choses... quand je suis loin de vous... et rien... plus rien quand vous êtes là.

HENRIETTE.

Félix, vous savez à quelles conditions j'ai accepté votre amitié, votre dévouement.

FÉLIX, *soupirant.*

Oui, je me suis condamné au silence et tout parle en moi... autour de moi... (*Montrant la vallée par la fenêtre à gauche.*) Ces dernières lueurs blanches qui éclairent la vallée, cette brise du soir qui berce les peupliers, ces grands arbres aux feuilles d'argent toujours tremblantes, ces fleurs qui nous entourent, toutes ces choses ont un langage, une chanson pleine de notes mystérieuses et tendres... et rien ne les force à garder leur secret... aucune loi ne les oblige à se taire.

HENRIETTE, *rêveuse.*

C'est vrai.

FÉLIX.

Voyez... ce lys qui se balance sur sa tige fragile, ne vous représente-t-il pas la femme pure, rayonnante, aimée.... qui reçoit comme un encens le parfum des fleurs qui l'entourent.

HENRIETTE, *un peu troublée.*

Oui... mais, voyez plus loin cette rose épanouie, entourée et soutenue par ses boutons à peine entr'ouverts, c'est la *mère de famille;* regardez, les tiges diffuses des autres fleurs se pressent en vain autour d'elle, le liseron cherche à l'étreindre dans ses spirales, mais la mère de famille reste et restera impassible... radieuse... protégée par ses enfants... jusqu'à ce que sa dernière feuille tombe avec sa dernière larme de rosée.

FÉLIX, *humblement.*

Oh! pardon! pardon!

HENRIETTE, *descendant à droite.*

Félix... Félix... je vous en supplie... ne me parlez jamais ainsi, car si cela arrivait encore...

FÉLIX.

Eh bien?

HENRIETTE.

Il me faudrait vous exiler de mon cœur... (*Elle s'assied à droite et travaille.*)

FÉLIX, *achevant la pensée d'Henriette.*

Et de votre maison?... mais qui donc alors vous aiderait à supporter l'existence que vous vous êtes faite! qui donc prendrait une part de vos douleurs domestiques? Quel être... je ne dis pas assez dévoué, mais assez patient... se plierait au joug de votre mari? l'amuserait dans ses tristesses sans motif? calmerait ses colères d'enfant et réprimerait ses fureurs imprévues?

HENRIETTE.

Félix... est-ce un reproche que vous me faites?

FÉLIX.

Non... c'est une crainte qui me serre le cœur... Oh! je resterai!... je resterai! les conditions que vous m'avez faites, je les accepte toutes; j'imposerai silence aux fougueux élans de mon âme, je mettrai toutes mes jouissances dans mes sacrifices ignorés... dans mes immolations tacites... mon bonheur sera de m'offrir volontairement aux coups du despote et quand vous m'aurez pressé la main, quand une caresse de vos yeux me dira : courage, je me croirai payé au-delà de ma peine.

HENRIETTE, *lui tendant la main.*

Tenez, vous êtes un enfant! (*Félix lui baise la main avec ivresse.*) Prenez garde!... l'amitié qui exige une telle faveur est bien dangereuse!

LE COMTE, *en dehors.*

Eclairez-donc, Manette, c'est à se casser le cou!

FÉLIX.

Voici le maître!

HENRIETTE.

Il va vouloir faire sa partie; tout en disant qu'il ne s'en soucie guère, il en meurt d'envie... Faites comme hier... c'était très-bien... il faut avoir l'air de lui forcer la main.

FÉLIX.

Et surtout ne pas gagner!

HENRIETTE.

C'est difficile.

FÉLIX.

Je tâcherai, mais le hasard est quelquefois d'un entêtement (*Henriette sourit, Félix reprend sa place à la table.*)

SCÈNE IV.

LE COMTE, FÉLIX, HENRIETTE, MANETTE.
(*Manette a une bougie à la main; elle précède le comte.*)

LE COMTE.

On nous laisse dans l'obscurité... à tâtons... personne ne se dérange... c'est inouï! (*Il s'assied à gauche de la table du milieu.*) Manette, fermez. (*Bâillant.*) Ah!...
(*Manette ferme la porte du fond, ainsi que les volets et les rideaux de la fenêtre, et se retire par la droite.*)

HENRIETTE, *au comte qui prolonge son bâillement.*

Oh! monsieur!

LE COMTE.

Eh bien! quoi... monsieur!... c'est nerveux, parbleu!... avec un ami... ne vais-je pas me gêner?.. Je ne me sens pas bien ce soir. Ah ça! quelle fête est-ce donc demain pour qu'on carillonne de la sorte?

(*Henriette et Félix se regardent avec étonnement.*)

FÉLIX.

Comment?

LE COMTE.

Eh bien... quoi?... qu'est-ce que vous avez à vous regarder? Vous n'entendez pas sonner les cloches depuis un quart-d'heure?

HENRIETTE, *hésitant.*

Non!

LE COMTE.

Ah ça! vous êtes donc sourds tous les deux?... Vous n'entendez pas le carillon du village d'Azay?

FÉLIX.

Oh! si, si... maintenant... je l'entends parfaitement.

LE COMTE.

A l'autre!... qui entend les cloches juste au moment où elles ne sonnent plus... Tenez... voilà que ça recommence.

HENRIETTE.

Oui... en effet, je crois entendre...

FÉLIX, *bas à Henriette.*

Je n'entends rien...

HENRIETTE, *bas.*

Ni moi... Je crains quelque crise terrible!

LE COMTE.

C'est un bruit sinistre qui m'est insupportable... Qui donc est mort?

FÉLIX.

Voulez-vous, monsieur le comte, que nous fassions une partie de tric-trac. Le bruit des dés vous distraira.

LE COMTE, *avec une indifférence affectée.*

Oh! il est trop tard!... et puis, ça ne doit pas vous amuser beaucoup; vous êtes toujours battu.

HENRIETTE.

Ce sont d'excellentes leçons,

LE COMTE, *se fâchant presque.*

Oh! je ne me pose pas en professeur, mais... l'habitude...

FÉLIX.

Je ne voudrais pas abuser de votre complaisance... et c'en est une bien grande de vous mesurer avec un ignorant comme moi.

LE COMTE.

Du moment que cela vous fait plaisir... Voyons, où nous mettons-nous?

FÉLIX.

Là!

LE COMTE, *allant s'asseoir à la table de tric-trac, le dos à la cheminée.*

Qu'est-ce que nous jouons?

FÉLIX, *s'asseyant vis-à-vis le comte.*

Comme toujours... un sou le marqué.

LE COMTE.

Bah! jouons deux sous... ça vous fera faire plus attention... Vous ne ferez pas tant d'écoles.

FÉLIX.

Je vais m'appliquer. (*Ils jettent leurs dés pour savoir qui commencera. — Ils jouent.*)

LE COMTE, *tout en jouant.*

Henriette...

HENRIETTE.

Mon ami?

LE COMTE.

Avez-vous reçu des nouvelles de votre mère?

HENRIETTE.

Non... et cela m'inquiète... je lui ai écrit plusieurs fois. Je lui demandais si elle viendrait passer quelques jours avec nous... elle ne m'a pas encore répondu.

LE COMTE, tout à son jeu.

Ah ! c'est incroyable ! toujours des dés exécrables !

HENRIETTE, qui s'est levée, bas à Félix.

Prenez garde !

FÉLIX, bas et agitant le cornet.

Je fais tout ce que je peux. (Il jette les dés.)

LE COMTE, frappant sur la table.

Bien... c'est complet... et lui, il amène tout ce qu'il lui faut... Oh ! l'esprit n'y est plus... je m'en vais... les combinaisons fatiguent ma pauvre tête.

FÉLIX, bas à Henriette.

Je ne peux pas changer les dés.

LE COMTE.

Et, Dieu merci, vous y allez comme une corneille qui abat des noix ! Avons-nous dit ce que nous jouons ?

FÉLIX.

Mais oui... deux sous le marqué.

LE COMTE.

Pourquoi deux sous !... un sou, comme à l'ordinaire... c'est bien assez ! (Il se lève et boit un verre d'eau sucrée qui se trouve sur la cheminée.)

HENRIETTE, bas à Félix.

Je tremble !

FÉLIX, bas.

J'ai changé le jeu... il gagnera.

LE COMTE, revenant s'asseoir au jeu.

Allons ! allons ! achevez de me battre... mais au moins tuez-moi dans les règles.

HENRIETTE, s'appuyant sur le dos de la chaise du comte à sa gauche.

Voyons, mon ami, je suis sûre que vous allez vous relever victorieux.

LE COMTE.

À qui était-ce ?

FÉLIX.

C'était à vous, je crois, monsieur le comte.

LE COMTE, regardant son jeu avec étonnement.

Ah ! ça voyons un peu... (Réfléchissant.) Je perds donc la tête ? qu'est-ce que c'est que ce jeu là ?

FÉLIX, un peu embarrassé.

C'est... le vôtre.

LE COMTE

Mais parbleu ! non ! non ! ce n'est pas le mien, on l'a changé... il y avait quatre dames sur cette flèche... et j'avais la pile de malheur.

HENRIETTE.

Cependant, mon ami...

LE COMTE.

Cependant... cependant... je sais ce que je dis... j'ai ma tête, Dieu merci ! et encore une fois ce jeu-là n'est pas le mien.

FÉLIX.

Nous aurons peut-être remué la table.

LE COMTE.

Il n'y a pas de remuer la table qui fasse passer des dames du petit jan dans le grand jan. (Furieux.) Je vous dis moi, que vous avez changé mon jeu.

HENRIETTE, bas à Félix.

Avouez ! avouez !

FÉLIX, avec contrainte.

Eh ! bien, monsieur le comte, je vous dois un aveu sincère... j'ai voulu vous épargner une défaite qui paraissait vous contrarier vivement, et je me suis permis...

LE COMTE, éclatant tout-à-fait, se levant et allant au milieu de la scène.

Tonnerre ! me prend-on pour un enfant ? pour un idiot ? ou bien avez-vous juré tous deux de me rendre fou ? Tout-à-l'heure, on me nie le son des cloches qui me battait dans les oreilles... maintenant on me soutient que ce jeu qu'on a changé est mon jeu !

HENRIETTE, à la droite du comte.

Mais, mon ami, c'était dans l'intention...

LE COMTE.

Dans l'intention de me tourner en ridicule... de me bafouer... de me faire passer pour un tyran... de se poser en victime. S'il y a une victime ici, c'est moi.

FÉLIX, indigné à la gauche du comte.

Vous ?

LE COMTE, brutalement.

Est-ce que je vous parle à vous ? de quel droit élevez-vous la voix... Vous êtes ici chez moi, entendez-vous ? mais non, ma maison n'est plus ma maison... on y triche... c'est un tripot... Oh ! j'étouffe... il n'y a pas d'air ici. (Allant à la cheminée.) Ce sont ces fleurs-là qui me serrent les tempes et qui m'asphixient ! c'est vous qui les avez mises, exprès !... on veut me tuer... on ne me tuera pas ! (Il prend les fleurs, les jette à terre, et les foule aux pieds.) Ah ! je n'en puis plus... de l'air, de l'air. (Il ouvre la fenêtre de gauche.)

HENRIETTE, écoutant.

Ah ! mon Dieu... entendez-vous... dans la cour... un bruit de voiture.

FÉLIX.

En effet... quelque visite imprévue ! je vais dire...

MANETTE, accourant par la droite.

Madame ! madame !

HENRIETTE.

Qu'est-ce que c'est ?

MANETTE.

Madame, c'est une voiture de poste... et la mère de madame... qui en descend... elle a voulu passer par le jardin.

HENRIETTE.

Ma mère !

FÉLIX, à Manette.

C'est bien !... avant d'ouvrir, aidez-moi. Dieu ! quel désordre ! (Manette et Félix emportent la table au fond à droite, puis Manette sort par la droite.)

HENRIETTE, allant à la fenêtre, au comte.

Mon ami, mon ami, remettez-vous ?

LE COMTE.

Hein ?

HENRIETTE.

C'est ma mère, ma mère !

LE COMTE, comme un homme qui s'éveille.

Eh bien... votre mère, quoi ?

HENRIETTE.

Elle vient nous voir... elle descend de voiture.

LE COMTE, se remettant peu à peu.

Ah !... oui... la duchesse de Lenoncourt !... eh bien ! qu'on fasse entrer par la grille d'honneur; qu'on allume des flambeaux... et que mes gens éclairent !

HENRIETTE, à Félix.

Ouvrez, ouvrez !

SCÈNE V.

HENRIETTE, LE COMTE, LA DUCHESSE, FÉLIX.

LA DUCHESSE.

Ah ! ça mais, c'est une forteresse; on entend grincer les gonds et gémir les verroux. (Rentrant.)

LE COMTE, guidé par Henriette, saluant.

Madame la duchesse !

LA DUCHESSE.

Dites-donc, c'est un coffre-fort que votre maison... c'est le paradis... on n'y entre qu'à bon escient. (Montrant Félix.) Et c'est monsieur qui fait l'office de portier...

HENRIETTE.

Ma mère.

LE COMTE, donnant un fauteuil.

Madame la duchesse... si nous avions su l'honneur qui nous était réservé.

LA DUCHESSE, s'asseyant.

Vous ne m'attendiez pas ; en effet... j'ai voulu vous surprendre.

HENRIETTE.

Vous ne pouviez, ma mère, le faire plus agréablement.

LA DUCHESSE.

Croyez-vous ? c'est que je vous trouve à tous des airs... si singuliers... on dirait que ma venue vous dérange.

LE COMTE.

Pouvez-vous croire ?

LA DUCHESSE.

Il n'en est rien... Tant mieux n'en parlons plus... (A Henriette.)

Mais, vous ne me disiez pas dans vos lettres, que monsieur de Vandenesse était installé chez vous... je le croyais chez le Chessel... Du reste, monsieur, je suis charmée de vous rencontrer ici, j'ai une bonne nouvelle à vous annoncer.

FÉLIX.

A moi, madame ?

LA DUCHESSE.

A vous, monsieur... mais procédons par ordre... des bonnes nouvelles j'en ai plein mes poches. (A part.) Lady Arabelle ne m'avait pas trompée... (Haut.) Ah ça ! vous vivez ici comme de véritables hibous... et pendant ce temps-là, à Paris, chacun prend sa part au gâteau de l'indemnité ; ceux qui ont la niaiserie de ne pas avancer la main n'auront pas un brin de paille ; j'ai vu le roi Louis XVIII... sa majesté a été d'une grâce parfaite... elle vous envoie ce parchemin... la croix de Saint-Louis... et elle m'a promis de vous comprendre dans la première fournée de pairs de France.

LE COMTE, avec enthousiasme.

Une pareille faveur... oh ! cela me rajeunit de dix ans.

LA DUCHESSE.

C'est toujours ça de moins. (Le comte va auprès de Félix.)

HENRIETTE, prenant les mains à sa mère.)

Madame, que de reconnaissance !

LA DUCHESSE, à Félix.

Pour vous, monsieur, voici ce que je vous ai annoncé ; une lettre de votre mère qui vous rappelle immédiatement à Paris.

FÉLIX.

A Paris ?

LA DUCHESSE.

A Paris, lisez... lisez... on vous permet... (Félix parcourt la lettre.) Madame de Vandenesse a obtenu pour vous par le crédit de lady Arabelle, une position charmante ; vous n'êtes plus marin, vous partez comme secrétaire d'ambassade... à Londres.

LE COMTE.

Mais vous êtes une fée bienfaisante, duchesse.

LA DUCHESSE.

La fée Bonne-Nouvelle !... (A Félix.) Eh bien ! monsieur, vous ne sautez pas de joie ? vous n'êtes pas transporté, ravi ?

HENRIETTE.

C'est sans doute la surprise, l'étonnement.

LA DUCHESSE, se levant et sévèrement à sa fille.

Est-ce que monsieur a besoin d'un truchement pour s'expliquer ?

FÉLIX.

En effet... j'étais si peu préparé à cette nouvelle...

LA DUCHESSE.

Ah ça ! mais vous n'avez donc pas d'ambition ?

FÉLIX, regardant Henriette.

Si, madame, j'en ai une !

LA DUCHESSE.

Une... ce n'est pas assez... il faut en avoir de rechange.

LE COMTE, descendu à la droite de la duchesse.

Bah ! Félix est jeune, l'ambition lui viendra plus tard.

LA DUCHESSE, à part, en regardant le comte et avec un profond dédain.

Mari ! (Haut.) Après tout, ce que l'on m'a dit à Paris est sans doute vrai ?

LE COMTE, avec un sentiment différent.

Quoi donc ?

LA DUCHESSE.

Monsieur le vicomte tient peut-être à ne pas quitter la campagne.

LE COMTE.

Pourquoi cela ?

LA DUCHESSE.

Le bruit court qu'il y est retenu par quelque roman, quelque amourette.

FÉLIX.

Madame, je vous jure.

LE COMTE.

Lui ? un roman, une amourette ? allons donc ? Depuis quelques jours qu'il est ici, il n'a mis le pied hors du château... que pour se promener avec moi ou avec Henriette... Henriette peut le dire !

HENRIETTE, embarrassée.

Sans doute.

LA DUCHESSE.

N'importe, avant de prendre un parti, monsieur le vicomte, lisez et relisez la lettre de votre excellente mère... Allez la méditer si bon vous semble... nous ne nous en blesserons point.

FÉLIX, saluant.

Madame !

LA DUCHESSE.

Vous, comte, je vous serai obligée de donner un coup d'œil à mes gens et à ma voiture.

LE COMTE.

A vos ordres, duchesse ; venez, Félix, venez, nous allons causer de tout cela. (Bas à la duchesse.) Je vais tâcher de le confesser... mais, entre nous, je suis convaincu, qu'il n'y a pas la moindre chose. (Il prend Félix par le bras et sort avec lui par le fond.)

SCÈNE VI.

HENRIETTE, LA DUCHESSE.

LA DUCHESSE, à elle-même, en regardant sortir le comte.

Ah !... double mari !

HENRIETTE, à elle-même.

Je ne suis pas coupable... c'est ma mère et cependant... je tremble !

LA DUCHESSE.

Savez-vous, ma chère, que monsieur mon gendre est devenu très-aimable.

HENRIETTE.

C'est un excellent mari, ma mère.

LA DUCHESSE.

Eh bien ! voilà qui me fait le plus grand plaisir à entendre ; car, s'il vous en souvient, vous n'en vouliez pas, je vous l'ai imposé.

HENRIETTE.

Je l'avais oublié.

LA DUCHESSE.

Ingrate !... ma foi. puisque nous voilà sur le terrain conjugal, poursuivons !... aussi bien, je n'ai pas grand temps à vous donner, j'ai fait mes soixante lieues pour vous surprendre et vous embrasser... je suis fatiguée, j'ai besoin de repos... j'aborde donc franchement la question.

HENRIETTE, émue.

Que voulez-vous dire ?

LA DUCHESSE.

Oh ! pour l'amour du ciel, ne jouons pas la comédie... soyons naturelles, si c'est possible, ou bien, alors, convenons de nos rôles... je vais prendre mon éventail et mettre du rouge, j'en ai justement.

HENRIETTE.

Ma mère, je vous assure...

LA DUCHESSE.

Nous ne mettons pas de rouge ? bon, j'aime mieux ça. (Lui prenant la main.) Voyons, chère petite, puisque de votre aveu M. de Mortsauf est un excellent mari, pourquoi le tromper ?

HENRIETTE, avec force.

Le tromper ! moi ? Que voulez-vous dire ?

LA DUCHESSE.

Mais ce que l'on dit tout haut à la Cour, à Paris.

HENRIETTE.

Et que dit-on, ma mère ?

LA DUCHESSE.

On dit, ma chère, que M. de Vandenesse est votre amant !

HENRIETTE, pouvant à peine répéter le mot.

Mon am.....

LA DUCHESSE.

Comment donc appelez-vous cela en Touraine ?

HENRIETTE.

M. Félix, mon amant ! Ah ! ma mère, vous ne le croyez pas !... c'est faux, je vous le jure... Mon Dieu ! que faut-il dire... que faut-il faire pour prouver à tous, pour vous prouver à vous-même que cela n'est pas ?

LA DUCHESSE.

Il faut que ce soir... demain au plus tard, M. de Vandenesse se rende à son poste, voilà tout.

HENRIETTE.

Il partira, je vous le jure!

LA DUCHESSE.

A la bonne heure! je n'attendais pas moins de votre raison; je pensais bien que ma fille, qu'une Lenoncourt n'était pas assez folle pour vouloir confisquer, à son profit, l'existence d'un jeune homme auquel l'avenir le plus brillant est réservé... je ne pouvais croire qu'elle eût endormi, dans le cœur de ce jeune homme, toute légitime ambition, en le berçant d'un espoir qui devait toujours être déçu. Une femme d'esprit comme vous a dû penser que cet amant, sans cesse leurré, viendrait un jour lui demander compte de sa jeunesse perdue et de tout un avenir compromis.

HENRIETTE, courbant la tête.

C'est vrai! c'est vrai!

LA DUCHESSE, se levant.

Elle a dû penser que l'apparence d'une faute... c'est la faute elle-même, et que le ridicule qui tombe sur l'époux rejaillit en déshonneur sur la femme et sur son enfant.

HENRIETTE.

Madeleine!

LA DUCHESSE.

Voilà tout ce que j'avais à vous dire; j'en resterai là, si vous le voulez bien, de mon cours de morale, car je tombe de sommeil. Bonsoir!

HENRIETTE, voulant la retenir.

Ma mère!...

LA DUCHESSE.

Oh! désolée, ma chère... je suis exténuée... j'ai la gorge en feu... je ne peux plus causer qu'avec mon oreiller... Adieu! (Elle sort par la gauche.)

SCÈNE VII.

HENRIETTE, seule, accablée.

Partir!.. oui... oui... il faut qu'il parte, car le monde ne croit pas aux amitiés pures.. aux fraternités volontaires... Est-ce donc impossible, mon Dieu? Oh! oui, oui, je le sens maintenant, j'étais folle quand j'ai cru que je pourrais, sans crime, épancher dans son cœur mes souffrances et mes cris de désespoir. J'étais folle! (Avec des sanglots.) Oui, oui, tu partiras, cher ami de mon cœur, et je resterai seule mais fidèle à ton souvenir, car je t'aime! je t'aime!

SCÈNE VIII.

LE COMTE, HENRIETTE.

LE COMTE, parlant à la cantonnade, au fond.

Bonsoir, Félix; bonsoir, mon ami...

HENRIETTE.

Le comte!

(Elle va auprès de la table qu'on a portée au fond, à droite.)

LE COMTE.

Allez, je vous excuserai auprès de ma femme... sans rancune? Ah! vous êtes encore là, Henriette?... je vous croyais déjà dans votre chambre.

HENRIETTE, un peu troublée.

Non... non... j'achevais cet ouvrage.

LE COMTE.

Eh bien... j'ai parlé à Félix... il n'y a rien du tout... et nous avons découvert d'où cela vient.

HENRIETTE.

Ah!

LE COMTE.

C'est évidemment de lady Arabelle... qui l'autre jour est partie furieuse contre Félix, à cause de sa froideur... de son indifférence.

HENRIETTE.

Vous croyez?

LE COMTE, passant à droite.

C'est étonnant, ce soir... moi qui suis toujours le premier à crier le sommeil... je n'ai pas du tout envie de dormir... Chevalier de Saint-Louis!... Pair de France!... c'est superbe!

HENRIETTE.

Mon ami, si vous le permettez, je vais me retirer... j'ai quelques lettres à écrire.

LE COMTE, s'asseyant sur le canapé à droite.

Un instant... venez donc là Henriette, j'ai à vous parler.

HENRIETTE, inquiète.

A moi?

LE COMTE.

J'ai à vous demander pardon de ce qui s'est passé ce soir...

HENRIETTE.

Quoi donc?

LE COMTE.

Ma colère... au tric-trac... Viens donc là.

HENRIETTE, près de la table.

Je range mon ouvrage.

LE COMTE.

Alors, je vais aller près de toi.

HENRIETTE, allant à lui.

Me voilà.

LE COMTE, l'attirant.

Assieds-toi donc... (Henriette s'assied sur une chaise, à côté du canapé.) Comme ta main tremble!

HENRIETTE.

Vous croyez?

LE COMTE.

J'ai été bien méchant, n'est-ce pas?

HENRIETTE.

Oh! un mouvement d'impatience...

LE COMTE.

Non... tiens... vrai... je me suis mal conduit avec ce pauvre Félix... avec toi-même; je t'en demande humblement pardon; veux-tu me pardonner?

HENRIETTE, cherchant à dégager sa main.

Oh! bien volontiers.

LE COMTE.

Tu me dis ça... par complaisance, tu m'en veux encore, j'en suis sûr.

HENRIETTE.

Mais, non... je vous jure.

LE COMTE.

Rien qu'à la façon dont tu le dis, je vous jure, ne me dis donc plus vous, c'est bon dans le monde... mais, dans le tête-à-tête. (Elle lui retire ses mains. — Tendrement.) Regarde comme tu es... tu me retires tes mains blanches et fines que j'aime tant! Tu as de la rancune... c'est mal!

HENRIETTE

Mais non!

LE COMTE.

Coquette! il faut donc que ce soit à genoux que j'implore ma grâce. (Henriette est assise, le comte est à ses genoux.) Eh bien, regarde... moi... un homme... moi qui ai des cheveux blancs... moi, le maître, je suis aux genoux de l'esclave et j'attends mon... pardon d'un regard.

HENRIETTE.

Mon ami, c'est que j'avais à écrire.

LE COMTE.

Tu me renvoies... toi... ma femme adorée... le bon génie de ma maison... toi que j'aime comme au premier jour.

HENRIETTE, se levant.

Monsieur le comte!...

LE COMTE.

Hein?... comment?... c'est donc de l'horreur que je t'inspire?... (Se levant et passant à gauche.) Voilà ma vie, pourtant!... Tout le monde ici me déteste... femme!... valets!... Madeleine elle-même!... Madeleine, mon enfant!... Si je lui parle, elle tremble à ma voix... si je m'approche pour l'embrasser, je la vois qui se détourne, qui m'évite, comme vous, madame!... (Allant à Henriette.) Et cependant, vous êtes ma femme, ma femme devant Dieu et devant les hommes... la mère d'une enfant qui est à moi... Est-elle bien à moi, mon enfant?

HENRIETTE.

Ah! vous me faites mal!

LE COMTE, criant et passant à droite.

Vous aussi, vous me faites mal... vous me tuez!

HENRIETTE.

Plus bas... plus bas... on peut vous entendre.

LE COMTE.

Et si je veux parler haut, moi; si je veux crier mon indignation!

HENRIETTE.

Par pitié!

LE COMTE.

Eh ! vous êtes bien sans pitié pour moi, vous ! Va... tu es un monstre d'hypocrisie ! (*Il la pousse violemment ; elle tombe accablée sur un fauteuil, à gauche.*)

SCÈNE IX.

HENRIETTE, FÉLIX, LE COMTE.

FÉLIX, *accourant par la porte du fond.*

Mon Dieu ! ces cris !... (*Il va à Henriette.*)

LE COMTE.

Ah ! c'est vous !... Tenez, Félix, vous voyez bien cette femme... elle n'a pour moi que mépris et que haine !

HENRIETTE, *se soulevant avec peine.*

Monsieur ! (*Elle retombe.*)

LE COMTE.

Cette femme... elle ment aux hommes et à Dieu, et ça se croit une sainte !

FÉLIX.

Mais vous la tuez, monsieur !

LE COMTE.

Ah ! vous êtes aussi contre moi, vous !... Elle vous a ensorcelé. Eh bien ! allez... encouragez la dans son crime... soyez son complice... tuez-moi, tuez votre ami *(Il sort par le fond.)*

SCÈNE X.

HENRIETTE, *évanouie,* FÉLIX.

FÉLIX, *agenouillé près d'Henriette et cherchant à la ranimer.*

Henriette !... Henriette !... revenez à vous... c'est moi, c'est votre ami... c'est Félix !...

HENRIETTE, *rouvrant les yeux et d'une voix éteinte.*

Félix !...

FÉLIX.

Je viens de répondre à ma mère, ne craignez rien... j'ai refusé... et je reste... près de vous toujours... nous serons deux. (*Il la soulève et la soutient.*)

HENRIETTE, *s'attachant à Félix avec un sentiment de frayeur.*

Oh oui ! vous restez, n'est-ce pas ?... ne me quittez pas... ne me quittez pas.

FÉLIX.

Calmez-vous, chère enfant, appuyez-vous sur moi... votre frère... séchez vos larmes.

HENRIETTE, *debout, très-faible, s'appuyant sur Félix.*

Que s'est-il donc passé ?... comment suis-je là près de vous, au milieu de la nuit ? (*Avec un cri.*) Ah ! ah ! je me rappelle... ma mère... le comte... mon serment... tout !... Et vous êtes encore ici. (*Avec effroi.*) Partez ! partez !

FÉLIX.

Jamais !

HENRIETTE.

Demain... demain, vous quitterez Clochegourde ! Il le faut. (*Avec une volubilité fiévreuse.*) La route de la fortune vous est ouverte, allez ! je vous écrirai souvent, bien souvent. Tenez, ce soir même... je vais vous tracer une règle de conduite que vous lirez tous les jours. (*Avec une gaîté factice.*) Puis, parfois... vous viendrez ici... vous reposer du monde... me dire vos triomphes... vos luttes.. C'est convenu, n'est-ce pas ?... Vous ne dites rien ? Mais parlez donc, parlez donc !

FÉLIX.

Henriette, dites-moi ? votre mère vous a parlé, n'est-ce pas... c'est elle qui exige que je parte !

HENRIETTE, *luttant contre son émotion.*

Non... non... c'est moi, moi seule... Oh ! dites-moi que vous partirez.

FÉLIX, *avec désespoir.*

Chassé... chassé ! Voilà donc le fruit de mes souffrances muettes et de mes désespoirs secrets.

HENRIETTE.

Taisez-vous, taisez-vous !

FÉLIX.

Ce n'était pas assez d'exiger de ma jeunesse ardente une amitié de frère, une docilité d'enfant, quand je sentais dans mon cœur les frémissements de l'amour le plus exalté.

HENRIETTE.

Par pitié !

FÉLIX.

Oh ! vous saurez tout ce que j'ai souffert.

HENRIETTE, *avec explosion.*

Croyez-vous donc que je l'ignore ?

FÉLIX.

Henriette, vous m'aimez !

HENRIETTE, *avec une sorte d'égarement*

Eh ! bien oui, oui, je vous aime... et c'est pour cela... c'est parce que je vois le danger terrible, menaçant, que je vous dis : fuyez, j'ai peur de vous, j'ai peur de moi ! (*Suppliante.*) Partez ! partez !...

FÉLIX, *avec des larmes.*

Oh ! ne dites pas ce mot là, il me tue.

HENRIETTE.

Oh ! ne pleurez pas... car j'ai besoin de tout mon courage... et je le sens faiblir... il m'abandonne ; par grâce ! cachez-moi vos larmes.

FÉLIX.

Henriette !

HENRIETTE.

Oh ! ma tête s'égare... ma raison se perd... je n'ai plus conscience de rien... laissez-moi... allez-vous-en !

FÉLIX.

Henriette, je t'aime !

MANETTE, *accourant de la droite.*

Madame !... madame, je ne sais ce qu'a Madeleine ?

HENRIETTE.

Mon enfant ! je l'oubliais. (*A Félix.*) Vous partirez, monsieur, vous partirez. (*Elle se précipite dans la chambre à droite.*)

Fin du Troisième Acte.

ACTE IV.

Chez Arabelle. — Un boudoir ouvrant sur des salons disposés pour une fête. — Une table-toilette à gauche.

SCÈNE I.

LA DUCHESSE, ARABELLE.

(*La duchesse est debout à côté d'Arabelle assise.*)

LA DUCHESSE, *ajustant une fleur à la coiffure d'Arabelle.*

Encore une fleurette ici, et vous serez ravissante... Là, vrai, cela vous donne un petit air pastoral qui vous va très-bien.

ARABELLE.

Ah ! duchesse, vous auriez beau me mettre tout le printemps sur la tête, vous ne me feriez pas plus souriante pour cela.

LA DUCHESSE, *s'asseyant.*

A propos !... pourquoi m'avez-vous fait venir deux heures avant tout le monde ?...

ARABELLE.

Nous avons à causer.

LA DUCHESSE.

Vraiment !... Et de quoi s'agit-il ?

ARABELLE.

D'un petit complot... fort innocent.

LA DUCHESSE, *riant.*

Ça doit être atroce.

ARABELLE.

Vous savez que Félix l'aime toujours !

LA DUCHESSE.

Qui cela ?... ma fille ?

ARABELLE.

Sans doute... Comprenez-vous, duchesse, ce platonisme à perpétuité ?

LA DUCHESSE.

Que voulez-vous ? ma chère, il n'y a que ce qui n'existe pas qui dure... Ça a l'air d'un paradoxe, mais c'est positif. Ainsi, M. de Vandenesse a cherché le bonheur près de vous, il l'a trouvé !... Le problème est résolu, et il retourne vers l'inconnu, c'est de l'algèbre en amour !

ARABELLE, se levant.

Oh ! cette Touraine ! je la déteste, je ne serai contente que lorsque cet affreux pays sera réduit à l'état de Pompéï, et que je pourrai en avoir des morceaux sur mon étagère.

LA DUCHESSE, riant et la suivant.

Vous êtes jolie comme un cœur quand vous êtes en colère !

ARABELLE.

Si vous saviez combien de fois j'ai surpris Félix rêvant et pleurant les lèvres attachées sur une lettre venue de sa chère vallée ? Hier encore, tenez... et... pardonnez à ma jalousie, mais cette lettre...

LA DUCHESSE.

Eh bien ?...

ARABELLE.

Je la lui ai volée !...

LA DUCHESSE.

C'est le seul moyen d'avoir ce qu'on ne veut pas nous donner.

ARABELLE.

Près de moi, c'est à la comtesse qu'il pense : il me subit, il l'aime !... Ah ! duchesse !... si ce n'était pas votre fille, je la haïrais...

LA DUCHESSE.

Ne vous gênez pas...

ARABELLE.

Eh bien ! franchement ! c'est ce que je fais !

LA DUCHESSE.

La comtesse est une sotte !... mettre son amour sous enveloppe ! quelle provinciale que ma fille !... Mais revenons au duo des Conjurés ; faites votre partie...

ARABELLE.

C'est cela, accordons-nous...

LA DUCHESSE.

Je vous écoute.

ARABELLE, baissant un peu la voix.

Excepté vous, duchesse, personne jusqu'ici ne sait la vérité sur monsieur Félix et sur moi.

LA DUCHESSE, riant.

Vous baissez les yeux d'une façon charmante ; continuez donc !

ARABELLE.

Pour tout le monde, M. de Vandenesse n'est pour moi qu'un ami...

LA DUCHESSE.

Oui, il n'y a que ce pauvre M. de Cerny de compromis.

ARABELLE.

Oh ! il n'est pas à plaindre, cela lui suffit...

LA DUCHESSE.

C'est juste... Enfin !...

ARABELLE.

Voici mon idée : Je veux déchirer un coin du voile pour la châtelaine de Clochegourde...

LA DUCHESSE.

Je comprends, et, en vérité, c'est un service immense que vous rendrez à mon gendre ou ma fille elle-même ; car si on ne lui tue pas son amour, son amour la tuera... cela est certain... Et comme, au bout du compte, Henriette a encore plus de fierté dans l'esprit que de poésie dans le cœur... en apprenant que M. de Vandenesse n'est qu'un homme comme les autres, elle rayera positivement la Saint-Félix du calendrier de Clochegourde, c'est très-bien imaginé... Eh ! mais, j'y songe, c'est donc pour cela que vous donnez un bal ?...

ARABELLE.

Oui, et c'est aussi pour cela que je vous ai prié d'inviter madame la comtesse.

LA DUCHESSE.

En vérité, j'ai des remords quand je pense à cette pauvre Henriette qui a donné tête baissée dans le piège que vous lui tendiez... c'est vrai... elle était enchantée de la pensée de tomber ainsi à l'improviste au milieu de tous ses amis... Elle va passer une soirée fort désagréable.

ARABELLE, la consolant.

Mais c'est dans son intérêt et dans l'intérêt de M. de Vandenesse. Ne vient-il pas encore de renoncer à cette ambassade à Londres, toujours sous prétexte de Touraine.

LA DUCHESSE.

Oui... oui... c'est juste, et il faut se faire une raison...

ARABELLE.

Et, d'ailleurs, je vais faire encore une tentative sur le cœur de M. de Vandenesse... et, si mon amour l'emporte, je n'aurai point recours à des ruses de guerre... je vous le promets.

LA DUCHESSE.

Eh bien ! c'est cela... je vais amener le comte et sa femme. (Embrassant Arabelle.) C'est égal !... je crains bien... Tout cela va être fort ennuyeux... Voilà une soirée gâtée à cause de cette petite sotte... Ah ! si je ne l'aimais pas tant... Adieu !...

UN DOMESTIQUE, venant de la gauche.

Monsieur de Vandenesse !

SCÈNE II.

FÉLIX, LA DUCHESSE, ARABELLE.

FÉLIX, saluant.

Mesdames...

LA DUCHESSE.

Monsieur de Vandenesse, je suis bien votre amie, et cependant je vous livre à lady Arabelle ! Adieu !... (Bas à Arabelle.) A tout-à-l'heure ! (Elle sort par le fond. — Quand la duchesse est sortie, Félix se jette sur un canapé à droite, et reste quelques instants sans parler.)

SCÈNE III.

ARABELLE, FÉLIX.

ARABELLE, après un instant de silence.

Oh ! c'est incroyable ce que vous me racontez-là !

FÉLIX.

Plaît-il ?

ARABELLE.

Est-ce que vous ne m'avez rien dit ? (Riant.) J'avais cru... Vous nous restez ce soir ?

FÉLIX.

Pardon, milady, mais je venais justement m'excuser... mon service auprès du roi...

ARABELLE, riant.

Oh ! c'est sacré ! (Moment de silence.) Ah ça ! voyons, décidément, qu'avez-vous, mon cher Félix ? Il y a sur votre front tous les brouillards de la Tamise...

FÉLIX.

En effet ! je suis triste, souffrant...

ARABELLE.

Voulez-vous que j'envoie chercher le docteur de Clochegourde ?

FÉLIX.

Quel docteur ?

ARABELLE.

Je ne sais pas. (S'appuyant sur son épaule.) J'ai envie de m'en aller ; vous devez avoir besoin de solitude...

FÉLIX.

De solitude ?... Pourquoi ?...

ARABELLE.

Mais pour relire quelque lettre... peut-être celle que vous couvriez hier soir de vos brûlants baisers...

FÉLIX.

Encore une fois, milady, je ne sais ce que vous voulez dire.

ARABELLE.

Était-ce par hasard une lettre de moi ?

FÉLIX.

Mais... sans nul doute !

ARABELLE, s'asseyant à côté de lui.

Eh quoi ! vous relisez ces choses-là ? je ne comprends pas que vous y trouviez plaisir... Ne vaut-il pas mieux, si des larmes tombent des yeux, que ce soit sur des mains étroitement enlacées, que sur un papier toujours relu et qui finit par se couper comme un vieux titre de rente ?... C'est une détestable habitude que vous avez là, cher, une habitude d'amant malheureux... (Souriant.) Qui donc vous l'a donnée ?

FÉLIX.

Coquette !

ARABELLE.

Vous aurez attrapé cela en Touraine.

FÉLIX.

Arabelle !... trêve de railleries, je vous en conjure. Respectez la plus pure des femmes.

ARABELLE.

Comment donc !... mais je la respecte et je l'aime... Je l'aime comme la main qui nous donne !... Et sa vertu, je la révère ! mais, sans cette vertu, vous seriez à elle... et où serait mon bonheur?... dans la toilette? le luxe? Ah ! fi !... tout le monde peut se donner ce bonheur-là et je déteste les félicités vulgaires ! Mais posséder un beau nom ! une fortune princière ! et oublier tout cela pour aimer, tête levée, l'idole que l'on s'est choisie, et que l'on ne trahit pour rien ! pas même pour l'opinion... ah ! voilà une vraie félicité !... Et c'est assurément à la morale de cette bonne dame que je dois le bonheur de la goûter?...

FÉLIX, avec un peu moins de colère.

Arabelle !...

ARABELLE.

Après cela, monsieur, si vous êtes dans un jour de remords, et si vous aimez les sermons... puisque madame de Mortsauf n'est pas là, je tâcherai de la remplacer; je deviendrai prêcheuse... Mais vous n'exigerez pas cela !... n'est-il pas vrai?... (Mouvement de Félix.) Franchement... il m'en coûterait ! car je n'ai étudié ni à Oxford, ni à Edimbourg... Mon cœur n'a point pris ses grades !... Pauvre, moi... je ne sais qu'aimer ! je ne suis que votre esclave !

FÉLIX, avec amour.

Oh ! tais-toi ! tais-toi !... je suis sans force quand je t'écoute.

ARABELLE, souriant.

Je le sais bien... et c'est pour cela que je parle tant !

FÉLIX, avec amour.

Parle encore !

ARABELLE, d'une voix caressante et se levant.

Dites-moi, je voudrais avoir un renseignement?

FÉLIX, la suivant.

Lequel ?

ARABELLE, souriant.

M'aimez-vous ? (Félix sourit.) Mon sultan a souri, c'est le moment de présenter ma requête. (Avec caresse.) Monsieur le vicomte, je voudrais suivre un cours de littérature.

FÉLIX.

Que signifie?

ARABELLE.

Vous avez un modèle de style épistolaire, je voudrais l'étudier.

FÉLIX.

Arabelle !... je ne sais...

ARABELLE, avec prière.

Donnez-moi sa lettre !... Tenez... (Touchant le cœur de Félix.) elle est là !... elle a pris ma place.

FÉLIX.

Milady !...

ARABELLE.

Prêtez-la-moi seulement... cinq minutes... je vous prouverai qu'elle n'a pas le sens commun.

FÉLIX.

Pardon !... mais... je... (Il fait un pas pour sortir.)

ARABELLE, lui prenant le bras et l'arrêtant.)

Voyons, je n'exigerai pas que vous me donniez vous-même ces précieuses lignes... ce serait un acte de félonie !... Seulement, laissez-moi les prendre !... (Félix la repousse doucement.) Tenez, pensez à autre chose, comme cela vous arrive parfois, et pendant ce temps-là...

FÉLIX.

Non, milady, jamais je ne vous laisserai toucher à cette lettre...

ARABELLE, souriant.

Vous mentez !...

FÉLIX.

Comment !...

ARABELLE.

Hier, je vous l'ai prise !

FÉLIX.

Oh ! c'est indigne !...

ARABELLE, souriant.

Non ! c'est adroit !

FÉLIX.

Cette lettre, milady, il faut me la rendre...

ARABELLE.

Ce ne serait pas la peine de l'avoir prise.

FÉLIX.

Oh ! vous n'avez pu concevoir la pensée coupable..

ARABELLE.

Pardonnez-moi, milord... la comtesse saura tout... Elle saura que la moitié de votre cœur est en Touraine et que l'autre est à Paris.

FÉLIX, avec colère.

Eh bien ! milady, vous mentirez, car mon cœur est tout entier là-bas...

ARABELLE.

Ah ! vous êtes sans pitié pour moi, monsieur de Vandenesse ! eh bien ! je serai sans pitié pour elle. La comtesse saura, je vous le jure, que vous avez écouté les conseils du serpent, comme vous m'appelez, et elle vous chassera de son paradis.

FÉLIX.

Milady, je mettrai la comtesse à l'abri de vos atteintes; je saurai vous empêcher d'arriver jusqu'à elle.

ARABELLE.

C'est la guerre ! soit !... je l'accepte, monsieur de Vandenesse, (A part.) J'y perdrai votre amour, mais je serai vengée.

FÉLIX, saluant.

Milady !...

EMMELINE, à la cantonnade.

Laissez, laissez, je m'annoncerai bien moi-même.

SCÈNE IV.

ARABELLE, EMMELINE, FÉLIX.

ARABELLE, embrassant Emmeline.

Eh ! bon soir, chère petite ! Eh bien ! toute seule

EMMELINE.

Mon père est là. Il vient de rencontrer, dans votre antichambre, un député de l'opposition et ils causent amendement.

ARABELLE.

Ça sera long... et vous avez bien fait de quitter la séance. Savez-vous que c'est très gentil à vous d'être venus des premiers !

EMMELINE.

Ce n'est pas sans peine, allez ! Il ne voulait pas venir du tout ; il voulait me conduire au théâtre, mais j'ai tant pleuré !..

ARABELLE, riant.

Vous avez bien fait. Vous allez rendre la liberté à M. de Vandenesse qui a affaire chez le roi, et qui se croyait obligé de me tenir compagnie.

EMMELINE, gaiement à Félix.

Comme vous êtes sérieux ! vous ne dites rien ?...

FÉLIX, distrait.

Je vous admire... je suis heureux de voir cette gaieté qui vous rend mille fois plus jolie.

EMMELINE.

Mille fois ?... J'étais donc bien laide. (Bas à Arabelle.) Est-ce que M. de Vandenesse ne sera pas au bal ?

ARABELLE, regardant Félix.

Mais je le crains bien, mon enfant... son service l'appelle !

EMMELINE, boudant.

Ah ! le roi est trop exigeant. (Bas.) Faites donc promettre à Félix de revenir.

ARABELLE, de même.

Vous y tenez ?

EMMELINE, vivement.

Beaucoup... (Se reprenant.) C'est un si bon valseur !

ARABELLE, bas.

C'est bien ! (Haut, allant à Félix.) Monsieur de Vandenesse, ne vous gênez pas ! Si ça doit vous attirer le moindre reproche de Sa Majesté, ne revenez plutôt jamais.

EMMELINE, bas.

Mais que dites-vous donc ?

ARABELLE, bas.

Soyez tranquille ! dans dix minutes il sera ici !

EMMELINE, bas.

Vraiment ?

FÉLIX, *bas à Arabelle.*

Milady, tout à l'heure je vous redemanderai cette lettre.

ARABELLE, *de même.*

Tout-à-l'heure, milord, j'aurai de nouveau la douleur de vous la refuser.

FÉLIX, *bas.*

Arabelle !

ARABELLE.

Pardon ! les hostilités sont commencées ! (*Arabelle s'incline d'un air moqueur. Félix remonte.*)

SCÈNE V.

EMMELINE, ARABELLE, CHESSEL, FÉLIX.

CHESSEL, *à Arabelle.*

Milady, je vous salue.

ARABELLE,

M. Chessel, gardez votre chère enfant, je la réclamerai tout-à-l'heure. Il faut que je sois maîtresse de maison pendant cinq minutes.

EMMELINE, *bas à Arabelle.*

Eh bien ?

ARABELLE, *bas.*

Il reviendra...

EMMELINE, *bas.*

Bah !

ARABELLE, *bas.*

Du moment qu'on ne l'en prie pas.

EMMELINE, *bas*

Ah ! mais alors... (*Haut.*) Adieu, adieu, Félix !... (*appuyant.*) A demain !

FÉLIX.

A tout-à-l'heure.

CHESSEL, *à Félix.*

Comment ! vous partez ?...

EMMELINE, *à part, avec joie, passant à droite.*

Milady avait raison... je le renverrai toujours.

Félix salue et sort par le fond. — Arabelle entre dans son appartement.)

SCÈNE VI.

CHESSEL, EMMELINE.

EMMELINE, *gaiement à son père.*

Que je suis donc contente d'être à Paris.

CHESSEL.

Vraiment ! et pourquoi ?

EMMELINE.

Je ne sais pas, mais enfin je suis bien plus heureuse ici qu'à Clochegourde.

CHESSEL.

Ah ! ça, comment se fait-il donc, Emmeline, que tu aies tant d'amitié pour lady Arabelle ?

EMMELINE.

Ah ! petit père... C'est un grand secret...

CHESSEL.

Vraiment? (*Riant.*) Mais, alors s'il est si grand que ça, tu peux bien m'en donner la moitié...

EMMELINE, *gravement.*

Tu me jureras de ne le dire à personne ? Songez, monsieur, qu'il y va de l'honneur d'une femme !

CHESSEL, *étourdiment.*

Je croyais qu'il était question de lady Arabelle.

EMMELINE, *qui ne comprend pas.*

Comment ?

CHESSEL.

Rien... rien...

EMMELINE.

Tu veux savoir pourquoi j'aime tant lady Ludley ? Eh bien ! c'est parce que je lui ai beaucoup de reconnaissance...

CHESSEL.

Toi ?

EMMELINE, *baissant la voix.*

Plus bas, donc !... oui, je lui suis très-reconnaissante parce que c'est elle qui a conseillé à Félix d'accepter cette place...

au cabinet du roi : ce qui le retient à Paris. Je lui suis très-reconnaissante aussi d'aimer monsieur de Cerny, quand elle aurait pu aimer Félix.

CHESSEL.

Mais... qu'est-ce que cela te fait ?

EMMELINE.

Tu ne sais donc pas que je l'aime, moi ?

CHESSEL, *bondissant.*

Tu l'aimes... tu...

EMMELINE.

Tu ne l'avais pas deviné ?

CHESSEL.

Si ! si ! mademoiselle !... un père devine toujours ces choses-là... entendez-vous... (*A part.*) Qu'est-ce que j'apprends là !

EMMELINE.

Ah ! tu avais remarqué ?...

CHESSEL.

Ta préférence pour Félix !... parbleu !... il y a six mois...

EMMELINE, *ingénuement.*

Six mois ?... je l'aimais donc avant qu'il ne fût revenu ?

CHESSEL.

Hein ? oui... non... je veux dire...

EMMELINE.

Quand Félix était là-bas à Clochegourde... je souffrais bien, va ; car les petites filles s'aperçoivent de tout aussi, et je m'étais aperçu qu'il aimait Henriette !

CHESSEL, *embarrassé.*

Ah ! tu t'étais... (*A part.*) Et moi qui dormais tranquillement au milieu de tous ces dangers.

EMMELINE.

Père !... à quoi cela lui servait-il d'aimer Henriette... puisqu'elle est mariée ?

CHESSEL.

Mais... à rien, assurément... Aussi il a bien compris que... et il a renoncé...

EMMELINE.

Ah ! oui... c'est vrai, dis donc, petit père, quand tu le verras, si tu pouvais... lui dire que... je suis une bonne petite fille... bien sage... pas trop coquette... et qui adore son père, ça ferait peut-être bien...

CHESSEL.

Comment ?

EMMELINE.

Sans avoir l'air... je t'en prie... dis-lui tout ça... il fera plus attention à moi... et alors je suis bien certaine qu'il m'aimera. (*Elle l'embrasse.*) Je me sauve... parceque si je restais encore, tu me gronderais... je vais retrouver lady Arabelle ! (*Elle remonte.*)

CHESSEL, *vivement.*

Ah !... Emmeline ? écoute ?

(EMMELINE, *hésitant à revenir.*)

Ce n'est pas pour me gronder ?...

CHESSEL.

Non...

(*Emmeline accourt auprès de son père.*)

CHESSEL.

Promets-moi de ne parler de rien à lady Arabelle.

EMMELINE.

Oh ! il n'y a pas de danger... c'est un secret à nous deux seulement. (*Elle l'embrasse de nouveau.*)

CHESSEL.

Oui... oui...

EMMELINE, *au moment de sortir.*

A nous deux seulement ! (*Elle sort par le fond.*)

SCÈNE VII.

CHESSEL, *seul, très-agité.*

Oh ! il n'y a pas à hésiter... Il faut éloigner Emmeline ; car d'un instant à l'autre elle peut s'apercevoir... et la pauvre petite souffrirait trop s'il lui fallait renoncer encore à ses espérances... Nous partirons, nous retournerons en Touraine ! Quant à Félix !... eh bien ! comme l'innocente enfant le dit elle-même, peut-être bien qu'un jour...(*Avec chagrin.*) Et quand je pense que depuis si longtemps, je n'ai rien vu, moi qui ai de si bons yeux pour voir ce qui ne me regarde pas... Ah !... une fille ne devrait jamais perdre sa mère !

SCÈNE VIII.

LE COMTE, LA DUCHESSE, CHESSEL.

LE COMTE, *en entrant, à la Duchesse.*
Allons donc ! c'est impossible... et je ne puis croire...

LA DUCHESSE.
C'est historique. Tenez, demandez plutôt à M. Chessel.

CHESSEL, *qui allait sortir.*
Hein !... de quoi s'agit-il ?

LA DUCHESSE.
D'une petite médisance toute fraîche éclose.

CHESSEL.
Je ne sais...

LA DUCHESSE.
Eh bien ! il paraît que monsieur de Vandenesse est l'amant de lady Arabelle !

CHESSEL.
Plus bas, de grâce !...

LA DUCHESSE.
Pourquoi ? les murs le savent.

LE COMTE.
- Voyez-vous ce petit Félix avec ses airs penchés...

LA DUCHESSE.
Justement... à force de pencher, on tombe...

LE COMTE, *riant.*
Ah ! ah ! ah ! et ce mari qui est dans l'Inde !

LA DUCHESSE.
Mon Dieu oui !... il est dans l'Inde... Les maris y sont tous plus ou moins... Ah ça, on n'a jamais pu savoir... Mon cher monsieur Chessel, vous ne dites rien, vous ne riez pas... Quand vous venez chez une Anglaise, est-ce que vous vous croyez obligé d'avoir du spleen sur vous ?...

CHESSEL.
Excusez-moi, duchesse.

LE COMTE.
On dirait que mon ami Chessel a des soucis.

LA DUCHESSE.
Il est donc malade ?

CHESSEL.
Mais un peu, duchesse, assez même pour être obligé de me retirer, si ma petite Emmeline me le permet.

LA DUCHESSE.
Eh bien ! allez lui en demander la permission. Elle est dans la serre, je crois... Il y a déjà du monde, ma fille et monsieur Vandenesse que nous avons ramenés.

CHESSEL.
Je vous remercie... je vais rejoindre Emmeline. Adieu, monsieur le comte. (*Il sort.*)

SCÈNE IX.

LE COMTE, LA DUCHESSE.

LA DUCHESSE, *riant.*
Ah ! ah ! ah ! mon ami Chessel, dont la gaieté se dérange. Jusqu'ici je croyais qu'il n'y avait que mon gendre d'ennuyeux.

LE COMTE, *vexé.*
Duchesse !

LA DUCHESSE.
Ah ! ne nous disons pas nos vérités... voilà du monde.

SCÈNE X.

FÉLIX, HENRIETTE, LE COMTE, LA DUCHESSE.

(*Félix et Henriette entrent par le fond.*)

FÉLIX, *inquiet.*
Madame la duchesse ! (*A part.*) La duchesse avec le comte ! c'est un piége, une trahison...

HENRIETTE, *au comte.*
Mon ami, lady Ludley, nous envoie pour vous chercher...

LA DUCHESSE.
Je vais lui faire prendre patience. (*A part.*) Allons lui dire que le feu est aux poudres. (*Bas au comte.*) Je vous confie notre malade. (*Elle désigne Félix.*) Rendez-le-moi guéri d'Arabelle.

LE COMTE.
Soyez tranquille !... je vais avoir une consultation avec ma femme !

LA DUCHESSE.
C'est une excellente idée !...

LE COMTE.
Elle a beaucoup d'empire sur lui.

(*Il remonte jusqu'au fond avec la duchesse ; ils causent un instant tout bas, puis la duchesse disparaît.*)

SCÈNE XI.

HENRIETTE, *assise à gauche,* FÉLIX, *près d'elle,
puis* LE COMTE.

HENRIETTE, *à Félix.*
Que vous disait donc lady Arabelle tout-à-l'heure ?

FÉLIX.
Jalouse !...

HENRIETTE.
Oui, jalouse de cette part d'affection que j'ai pu garder sans crime, de cet amour de frère que je croyais impossible, et auquel vous m'avez fait croire... Et ma lettre ?... l'avez-vous reçue bien souvent ? avez-vous suivi les conseils que je vous donnais ?...

FÉLIX.
Oui, chère Henriette !.. et croyez-moi... quoique l'on puisse vous dire...

HENRIETTE.
Comment !...

LE COMTE, *venant doucement entre eux.*
Peut-on entrer ? (*Félix se lève vivement.*) Je vous dérange ? Vous faisiez peut-être la cour à ma femme ?...

FÉLIX.
Monsieur le comte !...

LE COMTE.
Oh ! dame ! vous êtes un séducteur... je sais de vos fredaines...

FÉLIX, *vivement, avec effroi.*
Monsieur !

LE COMTE, *regardant derrière lui.*
Rassurez-vous, nous sommes seuls... et puis d'ailleurs, ce n'est pas un mystère... Tout le monde en parle.

FÉLIX.
Je ne sais ce que vous voulez dire...

LE COMTE.
Eh ! ne faites donc pas le discret !... il est trop tard... Mais comme nous sommes vos amis, nous allons, s'il vous plaît, vous faire un sermon en trois points.

FÉLIX, *à part.*
O mon Dieu ! voilà ce que je craignais !

LE COMTE.
Si vous voulez me le permettre, mon cher ami, je vous dirai que vous êtes entré dans une voie déplorable.

FÉLIX.
De grâce...

LE COMTE.
Mais, non, mon cher, non, je ne me tairai point; on est amis ou on ne l'est pas. Cette liaison compromet votre avenir et il y aurait lâcheté à ne vous point blâmer, à ne pas vous crier casse-cou quand vous marchez vers un abîme... Si, du moins, cette femme était libre ! ou si elle avait seulement un mari malade, un pauvre hère comme moi, on verrait une issue à cela, un mariage possible dans l'avenir ; mais lord Ludley se porte bien

HENRIETTE.
Lord Ludley ! c'est donc ?...

LE COMTE.
Lady Arabelle, sans doute ! ne vous l'avais-je pas dit ?

FÉLIX, *accablé, à part.*
Je suis perdu !

LE COMTE.
Et qui vous dit d'ailleurs que l'homme que vous outragez ne viendra pas un jour vous demander compte de la tache faite à son nom ? qui vous dit que ce roman d'amour que vous avez ouvert dans un élégant boudoir, ne se fermera pas au fond de quelque bois solitaire ?

HENRIETTE, *avec un cri.*
Ah !

LE COMTE.

Mais, je suis fou !... je parle... je parle !... je me donnerai une maladie du larynx !... Je vous laisse Henriette, achevez de le convertir. (*A Félix en lui tendant la main, et gaiement.*) Du res'e, mon cher, si je vous ai donné des conseils pour l'avenir, recevez mes compliments pour le passé... lady Arabelle est charmante, n est-ce pas, Henriette ?

HENRIETTE.

Oui, en effet.

LE COMTE.

Vous avez donc bien fait de l'aimer hier, mais vous avez tort de l'aimer aujourd'hui, et vous seriez impardonnable de l'aimer demain... Pensez-y, croyez-moi, arrangez vos affaires, liquidez cet amour-là ; faites-lui banqueroute. (*Mouvement de Félix. — Riant.*) Au revoir ! au revoir !... (*Il sort par le fond.*)

SCÈNE XII.

HENRIETTE, FÉLIX.

(*Après un moment de silence, Félix s'approche d'Henriette.*)

FÉLIX.

Henriette, au nom du ciel ! ne me condamnez pas sans m'entendre.

HENRIETTE, *s'efforçant de sourire.*

Pourquoi vous justifier ? vous êtes pardonnable, Félix, de m'avoir oubliée ; c'est moi qui ne le suis pas d'avoir cru une seconde fois à vos paroles. N'était-ce pas le comble de l'égoïsme que de vous demander de sacrifier à l'ombre du bonheur, des félicités bien grandes apparemment, puisque, pour les goûter, il y a des femmes qui renoncent au titre sacré d'épouse et de mère.

FÉLIX.

Mais, cette femme, je ne l'aime pas... je ne l'ai jamais aimée !

HENRIETTE, *froidement.*

Félix, rendez-moi cette lettre que je vous ai écrite. (*Sévèrement.*) Je la veux !... je la veux !...

FÉLIX, *avec embarras.*

Grâce !

HENRIETTE, *avec amertume.*

L'avez-vous donnée à lady Arabelle ?

SCÈNE XIII.

HENRIETTE, ARABELLE, FÉLIX.

ARABELLE, *qui vient du fond.*

Non, madame, c'est moi qui l'ai prise.

FÉLIX, *avec colère.*

Arabelle !

ARABELLE.

Oh ! ne vous emportez point, milord, je viens à votre aide... je viens plaider votre cause.

FÉLIX.

Milady !

ARABELLE.

Eh quoi ! madame, cette bonne petite lettre... un peu longue peut-être pour un billet doux... cette bonne petite lettre est le seul gage d'amour que votre vertu ait consenti à donner, et vous le voulez reprendre ? ce repentir avant la faute... c'est trop tôt !

FÉLIX.

Taisez-vous ! taisez-vous !

HENRIETTE.

Non, non, laissez parler madame, ce sera ma punition.

ARABELLE.

Comment ! madame, vous voulez tout avoir... le respect du monde et l'estime de votre enfant... l'affection de votre enfant et l'amour... de votre amant... quand un seul de tous ces biens suffirait au bonheur d'une femme ?...

FÉLIX, *éclatant.*

Encore une fois, milady !

ARABELLE.

Prenez garde... on peut vous entendre... (*A Henriette.*) On donne son cœur, madame, ou bien on le refuse; mais, le refuser et moraliser en quatre pages... illisibles... ah ! c'est contraire au droit de tous les pays.

FÉLIX.

Oh ! c'est trop d'insultes, madame, donnez-moi cette lettre !

ARABELLE.

Je vous l'ai refusée deux fois, monsieur, non... je rêve pour cette chère lettre un cadre somptueux supporté par deux amours, ou plutôt, non... par deux anges...

HENRIETTE, *à part, avec humiliation.*

Oh !

ARABELLE.

Madame regrette les amours ?

HENRIETTE, *à part.*

Oh ! je suis trop punie !

ARABELLE.

Je mettrai souvent sous les yeux de monsieur de Vandenesse ces tables de l'amour fraternel ; je lui en ferai lire les sévères commandements, et c'est moi qui le forcerai, madame, de rendre à votre mari et à votre enfant la part d'affection qu'il leur avait enlevée.

HENRIETTE.

Madame, je rends grâce au ciel, qui m'a mise à votre merci; j'accepte vos outrages comme une première expiation de ma faute; j'ai été coupable, j'ai été criminelle... oui criminelle, car c'est un crime que de s'isoler au sein de sa famille pour être seule avec des souvenirs qui ne lui appartiennent pas ; c'est un crime que de marier ainsi son âme secrètement, et d'incliner la tête pour recevoir dans ses cheveux le baiser de son époux, afin de garder un front pur à son amant... (*Avec force.*) C'est un crime enfin de se forger un avenir en s'appuyant sur la mort ! (*Elle tombe épuisée à gauche.*)

FÉLIX, *s'élançant vers elle.*

Henriette !

HENRIETTE.

Monsieur, je suis la comtesse de Mortsauf !...

FÉLIX, *avec rage.*

Oh ! Arabelle...(*Musique.*)

ARABELLE, *avec fierté, rendant la lettre à Félix.*

Monsieur, je vous rends votre cœur... (*A Henriette avec un sourire.*) Madame, je vous la donne ! (*Elle sort.*)

HENRIETTE, *pleurant, à part.*

Mon Dieu ! mon Dieu ! c'est trop d'humiliations !...

FÉLIX.

Henriette !

HENRIETTE.

Henriette n'existe plus, monsieur, vous l'avez tuée... (*A part*). Oh ! je le sens bien... j'en mourrai !

Fin du quatrième Acte.

ACTE V.

La chambre d'Henriette. — A droite, au premier plan, une porte ; au-dessus, dans l'angle, une cheminée avec une glace sans tain. — A gauche de la cheminée, une chaise longue sur laquelle est Henriette, ayant à sa droite Emmeline, assise sur une petite chaise et dormant, appuyée sur la chaise longue. — Un flambeau est sur la cheminée. — A droite, au premier plan, une console, etc., devant, un guéridon, auprès duquel sont assis, à gauche, le comte, à droite, Chessel. — Au-dessus, dans l'angle, la porte d'entrée. — Au fond, une croisée de chaque côté, — Une lampe allumée sur ce guéridon.

SCÈNE I.

LE COMTE, CHESSEL, EMMELINE, HENRIETTE.

(*Henriette est étendue dans un grand fauteuil devant le feu. — Elle est assoupie. — Emmeline sur un petit tabouret, dort aux pieds d'Henriette, appuyée sur le bras du fauteuil. — Le comte et Chessel causent à voix basse auprès du guéridon.*)

LE COMTE.

Que voulez-vous !... elle prétend qu'elle souffre moins quand elle est levée !... Du reste, elle repose un peu, je crois.

CHESSEL, *qui s'est levé et avancé sur la pointe du pied.*

Oui, l'opium a endormi ses douleurs... Ah ! Emmeline s'est endormie... Elle n'a pas fermé l'œil ces trois dernières nuits, et ses forces l'ont trahie !

LE COMTE.

Cette pauvre enfant !... mais encore elle, elle est jeune, tandis que moi !... ah ! mon ami... je le sens bien... je suis perdu !

CHESSEL, *rassis avec un peu d'impatience et baissant encore la voix.*

Non, monsieur le comte, ce n'est pas vous qui êtes perdu, c'est la comtesse.

LE COMTE.

Aussi, comprend-on cet entêtement? Il n'y a pas à dire, il y a un mois qu'elle ne mange plus...

CHESSEL.

Il y a un mois qu'elle ne peut plus manger, voulez-vous dire?

LE COMTE, *prenant sa tête dans ses mains.*

Oh! je sens ma tête qui se fend... Il y a des moments où je n'ai plus conscience de rien. Il me semble que je deviens fou!... avec cela, il y a dans cette chambre une atmosphère mortelle... si l'on ouvrait un peu.

CHESSEL, *le contenant.*

Vous savez bien que le docteur a recommandé la chaleur.

LE COMTE.

Ah! les médecins sont des ânes. (*Chessel hausse les épaules.*) Pourquoi haussez-vous les épaules?... Vous êtes bien toujours le même, vous n'avez aucune pitié de moi.

CHESSEL.

Il n'est question en ce moment ni de vous, ni de moi, monsieur le comte.

LE COMTE.

Je le sais aussi bien que vous, parbleu!... Croyez-vous que je ne comprenne pas?...

CHESSEL.

Silence... de grâce!

LE COMTE.

Ah çà! et Madeleine, où est-elle? est-elle couchée?

CHESSEL.

Elle s'était endormie dans les bras de sa mère, alors, je l'ai portée sur son lit.

LE COMTE.

Les malades sont quelquefois d'une exigeance... Parce qu'ils ne dorment pas, il semble que les autres n'aient plus besoin de dormir. Quand le château sera devenu un hôpital, ça remédiera à grand'chose!

CHESSEL, *froidement.*

Monsieur le comte, si vous voulez aller prendre quelque repos, je veillerai.

LE COMTE.

Vous veillerez... vous veillerez... vous n'êtes pas de fer non plus.

CHESSEL, *impatienté.*

Voyons, voudriez-vous la laisser seule?...

LE COMTE.

Seule?... il me semble que je ne suis ni assez dur, ni assez égoïste pour cela.

CHESSEL.

Alors, veillez avec moi.

LE COMTE.

Eh bien, il me semble que c'est ce que je fais.

CHESSEL, *à part.*

Oh! quel homme!

LE COMTE.

Cette duchesse de Lénoncourt!... voyez si elle viendra?... on lui a pourtant écrit que sa fille était malade... si elle était ici, cela vaudrait mieux pour tout le monde... Dieu merci!... Elle a l'habitude de passer les nuits, elle... Elle en passe assez au bal...

CHESSEL.

Ce n'est qu'hier que l'on a écrit à madame de Lénoncourt, vous le savez bien.

LE COMTE.

Oui, c'est vrai... encore une idée d'Henriette.

CHESSEL.

Elle ne voulait inquiéter sa mère que le plus tard possible!

LE COMTE, *se levant.*

Oh!... avec cela que madame la duchesse est une mère bien tendre? Je ne connais pas d'égoïste de cette force-là...

CHESSEL, *entre ses dents.*

En effet... on ne se connaît pas soi-même.

LE COMTE.

Comment? que dites-vous?... Je suis égoïste, moi!...

CHESSEL.

Eh! oui, parbleu! car vous m'impatientez à la fin avec vos doléances perpétuelles... Est-ce que je vous parle de ce que je souffre moi, depuis cette soirée où j'ai surpris au cœur de mon enfant un amour qui la tuera peut-être aussi quelque jour.

LE COMTE.

Vous le voyez bien, que vous m'en parlez!

CHESSEL.

Doit-on penser à ses propres chagrins en présence de cette pauvre femme qui n'a peut-être que deux heures à vivre!

LE COMTE.

Eh bien, est-ce que c'est de ma faute?

CHESSEL.

Un peu, monsieur le comte, car vous n'avez pas donné à cet ange... (*Appuyant.*) tout le bonheur qu'elle méritait.

LE COMTE.

Moi... je n'ai pas... mais, c'est une criante injustice... demandez donc à Henriette elle-même si...

CHESSEL.

Oui... réveillons-la donc pour ça?

LE COMTE, *élevant un peu la voix.*

Eh! morbleu!... je ne vous dis pas de la réveiller!...

CHESSEL.

C'est ce qui va arriver pourtant, si vous criez de la sorte.

LE COMTE, *très-bas.*

Je ne crie pas... c'est affreux!... aller me dire que je... mais si je le croyais, je me brûlerais la cervelle... oui monsieur!... c'est très-mal à vous... (*Tout en parlant ainsi, le comte s'est préparé un verre d'eau sucrée, sur la console à gauche.*)

CHESSEL.

Voulez-vous de la fleur d'orange!...

LE COMTE, *remettant le verre sans avoir bu.*

Vous êtes un impertinent!...

CHESSEL, *riant à demi.*

Il paraît que vous ne voulez pas vous brûler la cervelle vous-même.

(*Manette est entrée sur la pointe du pied et s'est approchée du comte.*)

SCÈNE II.

LE COMTE, MANETTE, CHESSEL.

MANETTE, *à voix basse.*

Monsieur le comte, Germain a été à la poste; la voiture n'est pas encore arrivée; monsieur Félix ne viendra probablement pas aujourd'hui. (*Elle sort.*)

CHESSEL, *au comte.*

Monsieur Félix?

LE COMTE.

Eh bien! oui... je lui ai écrit aussi, à lui, de venir... J'ai pensé que sa présence serait agréable à cette pauvre Henriette, et par paranthèse, je lui ai tout dit au sujet d'Emmeline.

CHESSEL.

Comment?

LE COMTE.

Vous voyez que je ne pense pas qu'à moi.

CHESSEL.

Ainsi, monsieur de Vandenesse va venir?

LE COMTE.

Je l'espère; car Henriette le désire... Tenez, la pauvre enfant, comme vous le voyez, s'est faite belle encore une fois pour le recevoir... Il a fallu qu'on mît des fleurs dans les vases comme il en mettait lui-même autrefois... encore une fantaisie de malade.

MANETTE, *revenant de la gauche.*

Monsieur le comte... voici monsieur Origet.

LE COMTE.

Le docteur!

SCÈNE III.

CHESSEL, LE COMTE, LE DOCTEUR, EMMELINE, HENRIETTE.

(*Le docteur paraît. — Chessel et le comte vont au-devant de lui; ils se serrent la main sans parler, le docteur va doucement près d'Henriette, la regarde, lui tâte le pouls, et secoue ensuite la tête en poussant un léger soupir.*)

CHESSEL.

Eh bien, monsieur ?...

LE DOCTEUR, *à voix basse.*

Bientôt l'opium n'aura plus d'effet... madame la comtesse va se réveiller... venez... venez, je ne puis vous parler ici !...

LE COMTE, *à part.*

O mon Dieu ! mon Dieu ! quelle nuit !...

LE DOCTEUR.

Silence !... (*Ils sortent tous trois par la droite.*)

SCÈNE IV.

EMMELINE, *toujours endormie,* HENRIETTE.

HENRIETTE.

(*Elle a soulevé doucement la tête et les a suivis des yeux, puis se lève quand la porte s'est refermée.*)
Le docteur !... Ils sont là !... (*Comme frappée d'une idée.*) Ah !... C'est fini !... (*Elle retourne se mettre dans son fauteuil, et aperçoit Emmeline endormie.*)

EMMELINE, *endormie, rêvant, et le sourire aux lèvres.*

C'étaient des bluets !... J'ai bien souffert... mais je suis heureuse !... Félix !... je t'aime !...
(*Henriette fait un brusque mouvement : Emmeline se réveille en sursaut.*)

EMMELINE, *avec un cri.*

Ah ! je m'étais endormie !... (*Après un silence.*) Comme tu me regardes ?

HENRIETTE, *d'un ton singulier.*

Est-ce que je te fais peur ?

EMMELINE, *avec effroi et s'efforçant de sourire.*

Non... mais non...

HENRIETTE, *jouant avec les cheveux d'Emmeline. A elle-même, d'un ton de regret.*

Dix-huit ans !... un long avenir !... et un amour permis.

EMMELINE.

Qu'as-tu donc ?

HENRIETTE, *le regard fixe.*

Je n'ai rien.

EMMELINE.

Est-ce que tu souffres davantage ?

HENRIETTE.

Mais non...

EMMELINE, *avec des larmes dans la voix.*

Henriette !... parle-moi donc !... Est-ce que je t'ai fait quelque chose ?... dis ?... Est-ce que tu m'en veux ?... Pourquoi donc pleures-tu ?...

HENRIETTE.

Est-ce que je pleure ?...

EMMELINE.

Mais oui. (*Elle lui essuie les yeux.*)

HENRIETTE, *la repoussant doucement.*

Emmeline... tu l'aimes donc ?...

EMMELINE, *troublée.*

Qui cela ?...

HENRIETTE.

Félix ?...

EMMELINE.

Mais non... je t'assure.

HENRIETTE, *d'une voix brève.*

Tu l'as dit tout à-l'heure dans ton sommeil.

EMMELINE.

Mais, je... (*Elle baisse les yeux.*)

HENRIETTE, *se penchant sur Emmeline.*

Et lui... il t'aime aussi, sans doute ?...

EMMELINE, *vivement et avec une sorte de joie.*

Non, non, je te le jure sur ma mère !

HENRIETTE, *avec un rayon de joie.*

Ah ! (*Elle l'embrasse avec transport.*)

EMMELINE, *avec un sentiment de pitié.*

Pauvre Henriette !

HENRIETTE, *après un silence et avec une sorte d'égarement.*

Dis donc, mon enfant ? lady Arabelle est partie pour l'Angleterre, n'est-ce pas ?...

EMMELINE.

Oui, oui...

HENRIETTE.

Tu me le jures aussi ?

EMMELINE.

Je te le jure !

HENRIETTE, *prêtant tout-à-coup l'oreille.*

Ah ! mon Dieu !...

EMMELINE.

Qu'as-tu donc ?

HENRIETTE, *mettant la main sur son cœur.*

Est-ce que tu ne sens rien là... toi ?... Est-ce que tu n'entends rien... dans ton cœur ?...

EMMELINE, *inquiète.*

Henriette !...

HENRIETTE, *à part, avec un accent de triomphe.*

Elle ne l'aime pas autant que moi ! (*Prenant Emmeline et lui désignant la porte de gauche.*) Tiens, regarde... il est là... il vient !...

SCÈNE V.

FÉLIX, EMMELINE, HENRIETTE.

(*Félix est entré doucement par la gauche ; il s'arrête vers le milieu du théâtre.*)

EMMELINE, *avec un cri étouffé.*

Félix !... (*Elle se lève et va à Félix qui lui serre la main ; elle passe derrière lui, sans rien lui dire, et sort par la gauche. Pendant ce temps, Henriette s'est retournée vivement, a pris un miroir à main sur un petit meuble placé près de son fauteuil, et a furtivement arrangé ses cheveux. Félix s'est approché d'Henriette et s'est assis à la place qu'occupait Emmeline.*)

SCÈNE VI.

FÉLIX, HENRIETTE.

HENRIETTE.

Bonjour, monsieur le vicomte.

FÉLIX, *à part.*

Mon Dieu !... quel changement !...

HENRIETTE, *avec un sourire amer.*

Ah ! pourquoi vous ai-je tant souhaité ?... J'étais folle !... moi, qui voulais vivre dans votre souvenir comme un lys éternel... Je vous enlève toutes vos illusions.

FÉLIX, *cachant son émotion.*

Henriette !...

HENRIETTE.

Je suis bien laide, n'est-ce pas ?... Je me suis pourtant parée pour vous, Félix !

FÉLIX.

Mon amie !...

HENRIETTE, *se levant avec effort et l'attirant loin de la lampe et vers la fenêtre, à gauche..*

Tenez... ici... vous me verrez moins... Venez près de cette fenêtre où nous nous sommes accoudés si souvent ensemble... le cœur noyé dans des rêves que nous ne nous racontions jamais... Vous souvenez-vous de ce jour où je vous disais : « La « mère de famille reste et restera toujours impassible, radieuse, « protégée par ses enfants, jusqu'à ce que sa dernière feuille « tombe avec sa dernière larme de rosée ! »

FÉLIX.

Oui, je m'en souviens.

HENRIETTE, *avec un commencement de délire.*

Eh bien ! je mentais !... je mentais !... Sa dernière larme, Félix, est une larme de regret et d'amour... mais ne vous désolez pas... il en est temps encore... et déjà... je vais mieux... Vous voilà... je renaîtrai sous vos regards... je redeviendrai belle !... Je suis jeune... je ne puis mourir encore... Ils ne savent ce qu'ils disent... (*Après un silence.*) Écoutez !... j'ai fait des projets... nous irons vivre en Italie...

FÉLIX, *à part.*

Mon Dieu !

HENRIETTE.

Hein ?

FÉLIX.

Mais vous n'aimez donc plus notre chère vallée ?

HENRIETTE.

Elle m'est funeste... sans vous, sans toi... Et puis, il fait froid ici... tandis que là-bas... ce beau soleil me rendra la vie. Le lys si penché aujourd'hui, relèvera fièrement la tête... Je monterai à cheval comme elle... je serai folle,... comme elle,... j'aimerai... comme elle...

FÉLIX.

Henriette !... chère Henriette !...

HENRIETTE, *dont le délire augmente peu à peu.*

Non, vois-tu... j'en ai assez des déceptions de la vie... j'en ai assez !... Tout a été mensonge et imposture dans mon existence... J'ai enseveli vivant mon amour dans mon cœur... mais il n'est pas mort... il renaît... il vit... il existe... Oh non ! non, je ne mourrai pas !... je ne veux pas mourir... Avant de savoir ce que cache la mort, je veux savoir ce que cache la vie !

FÉLIX, *à part.*

Oh ! c'est horrible !

(*A ce moment, on entend l'Angelus au loin. — Henriette écout d'abord sans comprendre ; puis, elle revient tout-à-coup à elle.*)

HENRIETTE, *avec honte.*

O mon Dieu ! mon Dieu ! pardonnez-moi !..

FÉLIX.

Henriette !...

HENRIETTE, *allant à la chaise longue.*

Ce n'est plus de l'amour que je vous demande, mais des prières. (*Elle s'affaisse sur la chaise.*)

FÉLIX, *étouffé par les sanglots.*

Henriette !... Henriette !...

SCÈNE VII.

FÉLIX, HENRIETTE, LE COMTE.

LE COMTE, *entrant précipitamment.*

Qu'y a-t-il ?... qu'y a-t-il ?...

HENRIETTE.

Rien ?... rien encore, monsieur le comte !... Dieu, je l'espère, me donnera le temps et la force... de m'accuser devant vous...(*Elle s'agenouille devant le comte.*)

LE COMTE, *voulant la relever*

Henriette !...

HENRIETTE.

Monsieur, quoique je sois demeurée une épouse vertueuse selon les lois humaines, souvent des pensées coupables ont traversé mon cœur... J'ai eu pendant longtemps une amitié vive que personne, pas même celui qui en était l'objet, n'a connue en entier... Mais, je vous le jure encore, monsieur le comte, je n'aurai rien de plus à dire au prêtre que j'attends... daignerez-vous m'absoudre comme lui.

LE COMTE, *la soulevant dans ses bras.*

Henriette !... Henriette !... veux-tu me faire mourir ?

HENRIETTE, *d'une voix de plus en plus affaiblie.*

Me pardonnez-vous ?...

LE COMTE, *avec des larmes.*

Pauvre ange !... me pardonneras-tu, toi-même ?...

HENRIETTE.

Oh ! mon ami, ne vous accusez pas... ce serait condamner ma mère... et, malgré le passé... je vous bénis tous deux, vous et ma mère !

SCÈNE VIII.

CHESSEL, FÉLIX, HENRIETTE, EMMELINE, LE COMTE.

HENRIETTE.

Emmeline !... approche, mon enfant. (*A Félix.*) Félix, jurez-vous d'exécuter les volontés dernières de votre amie ?...

FÉLIX.

Je le jure !

HENRIETTE, *à Emmeline.*

Et toi ? (*Emmeline se penche vers elle en pleurant.*)

HENRIETTE, *unissant la main de Félix et celle d'Emmeline.*

Félix !... aimez-la bien !... (*A Emmeline.*) Et toi... Veille sur mon enfant ! Mes forces m'abandonnent... ma vue se trouble, et pourtant... (*désignant la glace sans tain, avec une sorte de délire.*) quelle est cette lumière ?... cette croix d'argent qui marche là-bas ? (*Avec calme.*) Ah ! oui... je sais !... Je vais voir le bon Dieu ! comme tu dis, Madeleine ! mais toi !..... (*avec des larmes.*) je ne te verrai plus..... que là-haut !.....

La toile tombe.

www.ingramcontent.com/pod-product-compliance
Lightning Source LLC
LaVergne TN
LVHW010504060726
842527LV00005B/1872